Max Schede

Ueber den Gebrauch des scharfen Löffels bei der Behandlung von Geschwüren

Antigonos

Max Schede

Ueber den Gebrauch des scharfen Löffels bei der Behandlung von Geschwüren

Unveränderter Nachdruck der Originalausgabe von 1872.

1. Auflage 2024 | ISBN: 978-3-38634-113-4

Antigonos Verlag ist ein Imprint der Outlook Verlagsgesellschaft mbH.

Verlag: Outlook Verlag GmbH, Zeilweg 44, 60439 Frankfurt, Deutschland, info@outlook-verlag.de
Vertretungsberechtigt: E. Roepke, Zeilweg 44, 60439 Frankfurt, Deutschland
Druck: Libri Plureos GmbH, Friedensallee 273, 22763 Hamburg, Deutschland

Ueber den Gebrauch

des scharfen Löffels

bei der

Behandlung von Geschwüren,

von

Dr. Max Schede,

erstem Assistenten der chirurgischen Klinik und Privatdocenten der Chirurgie
an der Universität Halle.

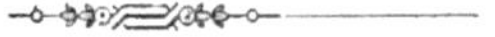

Halle a/S. 1872,

Lippert'sche Buchhandlung

(Max Niemeyer).

Seit langer Zeit wurden in der Chirurgie bei gewissen Knochenkrankheiten, die mit Erweichung und Zerfall des Gewebes einhergehen, so namentlich bei der malacischen und ulcerösen Caries, scharfrandige löffelförmige oder hohlmeisselartige Instrumente angewendet, um die erkrankten, einer restitutio ad integrum nicht mehr fähigen Particen von den gesunden abzuschaben oder aus ihnen herauszugraben und zu stemmen und so die Heilungsbedingungen für die weniger erkrankten Theile zu verbessern. Dieses Verfahren weiter ausgebildet und geradezu zur Methode erhoben zu haben, ist bekanntlich das Verdienst Sédillot's (siehe Sédillot, „de l'évidement des os", Paris 1860 und „de l'évidement sous-periosté des os", Paris 1867), wenn auch die Geschichte des Evidements der Knochen eine viel ältere ist und bis zu Celsus hinaufreicht, und wenn auch, wie mir aus mündlicher Mittheilung bekannt ist, v. Bruns schon lange vor Sédillot sich seines scharfen Löffels zu dem gleichen Zwecke bediente. Erst in neuester Zeit hat man indessen angefangen, dieselbe Therapie auch bei einzelnen Erkrankungen der Weichtheile in Anwendung zu bringen. Volkmann empfahl sie beim Lupus, Simon für die Entfernung von weichen Geschwülsten an den Körperostien. Ersterer gab in seinem Aufsatze „über den Lupus und dessen Behandlung" (Klinische Vorträge Nr. 13) den Rath, in der grossen Mehrzahl der Fälle das Aetzmittel durch den Bruns'schen Löffel zu ersetzen, und mit diesem Instrument die ganz lupös erweichten

Gewebe, von denen weder eine Rückbildung zur Norm noch eine Ueberführung in Narbengewebe mehr erwartet werden könne, von den relativ gesunden Theilen abzuschaben. Er rühmt dieser Methode ganz bestimmte und grosse Vorzüge vor den bisher gebräuchlichen Behandlungsweisen nach, Vorzüge, die, wie ich hier gleich hinzusetzen kann, durch die spätern in dieser Hinsicht in der Hallischen Klinik gewonnenen Erfahrungen lediglich ihre Bestätigung gefunden haben. In keinem der verhältnissmässig zahlreichen seitdem aufgenommenen Lupusfälle versagte die Wirkung, in keinem wurden unsere Erwartungen getäuscht.*)

Die Benutzung des scharfen Löffels ist indessen keineswegs direct aus der Therapie der malacischen Caries auf die des Lupus übertragen worden. Sie war vielmehr eine der letzten Früchte der nach und nach mit der wachsenden Erfahrung sich immer mehr ausbreitenden Verallgemeinerung dieses Verfahrens, welches gegenwärtig in unserer Klinik bei einer ganzen Reihe ulceröser Processe zur Entfernung weicher wuchernder Gewebsmassen methodisch und, wie ich in den folgenden Blättern nachzuweisen gedenke, mit bestem Erfolge zur Anwendung gebracht wird.

Das Beobachtungsmaterial ist daher ein äusserst reich-

----

*) Dass übrigens weder das Ausschaben noch die multipeln Scarificationen immer vor Recidiven schützen, brauche ich wohl kaum besonders hervorzuheben; immerhin möchte ich glauben, dass namentlich die letzteren, welche ja die ganze erweichte Umgebung der eigentlichen Lupusefflorescenzen, also, wenn ich so sagen darf, den Mutterboden derselben ganz direct und in seiner ganzen Ausdehnung angreifen, neue Erkrankungen sowohl in der Raschheit der Folge als besonders in ihrer Ausdehnung ausserordentlich beschränken. Jedenfalls aber ist es mit Hülfe des in Rede stehenden Mittels bis jetzt wenigstens stets gelungen, jedes Recidiv sofort zu coupiren, und so wird man bei gehöriger Aufmerksamkeit und Geduld von Seiten des Arztes und des Kranken gröbere Zerstörungen durch den Lupus stets mit Sicherheit vermeiden können. —

haltiges geworden, und hat sich in den letzten Jahren so angehäuft, dass es jetzt möglich erscheint, wenigstens für einen Theil der in Frage kommenden Erkrankungen über die Leistungsfähigkeit und den practischen Werth dieses therapeutischen Eingriffes ein definitives Urtheil abzugeben. Die Wirkung ist zugleich so sicher, die Resultate sind zum Theil so überraschend und glänzend, dass es dem Praktiker gewiss von Werth sein wird, für die Behandlung von chronischen Ulcerationen aller Art in der ausgedehnten Anwendung des scharfen Löffels eines der mächtigsten und bequemsten Mittel kennen zu lernen, dem Process sofort einen ganz andern Charakter zu verleihen und ihn einer raschen Heilung entgegen zu führen. Endlich scheint mir eine ausführliche Besprechung der Methode um so wünschenswerther, als bereits mündliche Mittheilungen zu Missverständnissen geführt haben. So beruht es auf einem Irrthum, wenn Simon in seinem Aufsatze über die Therapie des Uteruscarcinomes (Beiträge zur Geburtshülfe und Gynaekologie, herausgegeben von der Gesellschaft für Geburtshülfe in Berlin, I. 1), anführt, dass Volkmann den scharfen Löffel zur Heilung „varicöser" Geschwüre gebrauche.

In der hiesigen Klinik wurde theils der gewöhnliche, von Bruns angegebene Löffel benutzt, theils eine etwas modificirte, schmalere und längliche Form. Die letztere fand ihre Anwendung hauptsächlich bei schmalen Wundcanälen, engen Fisteln u. s. w. Der runde Löffel hat einen Querdurchmesser von 1 ctm., eine Tiefe von $^1/_2$ ctm., der ovale ist 16 mm. lang, 6 mm. breit, 5 mm. tief. Für die gewöhnlichen Zwecke halte ich es für bequemer, wenn die Ränder des Instrumentes nicht allzu scharf geschliffen sind. Es soll nicht wirklich schneiden, und nur angewendet werden, schlaffe, erweichte, bröckliche, organisch veränderte und halb zerfallene Gewebsmassen von den relativ gesunden Theilen abzukratzen und auszuschaben. Uebrigens ist es auch mit sehr scharfen löffelförmigen Instrumenten durch reines Schaben kaum möglich, unerwünschte Verletzungen anzurichten, während allerdings durch drehende und reissende Bewegungen auch festere Theile, gesunde Schleimhaut etc., durchtrennt werden können. Wir werden später noch sehen, wie bei der Auslöffelung von Geschwülsten auch solche Manipulationen mit möglichst scharfen Löffeln zur Anwendung kommen können.

In neuester Zeit hat Herr Professor Esmarch sich häufig einer kleinen kegelförmigen Raspel mit gutem Erfolge bedient, seltener eines am andern Ende befindlichen Löffels, der auch für diesen Zweck wohl zu klein, jedenfalls aber viel zu stumpf ist. Wir haben doch gefunden, dass unsere eben beschriebenen Instrumente bequemer zu handhaben sind und rascher und sicherer arbeiten. Ich füge die Abbildungen von allen dreien hier bei.

Der Hauptvorzug in der Wirkungsweise des scharfen Löffels liegt nun darin, dass man mit ihm im Stande ist, in den geeigneten Fällen alles Kranke bis auf den letzten Rest auf das Sauberste zu entfernen, ohne doch irgend mehr wegzunehmen, als eben durchaus nothwendig ist. Es liegt auf der Hand, dass ein Gleiches niemals mit eigentlich schneidenden Instrumenten und nur in seltenen Fällen mit Aetzmitteln zu erreichen ist. Mit ersteren wird man wohl immer entweder erkrankte Parthien stehen lassen, oder, um sicher alles zu entfernen, auch gesunde Theile mit opfern, während die letzteren an dem Uebelstande leiden, dass sie im Moment ihrer Einwirkung schon das Operationsfeld verdecken und durch Schorfbildung oder geschmolzene mit zersetztem Blute gemischte Gewebsreste die fortwährende Controle ihrer Wirkung unmöglich machen. Ich betone nochmals ausdrücklich, dass es nicht möglich ist, mit den Löffeln, welche wir benutzen, gesunde Gewebe von normaler Festigkeit ohne Anwendung einer ganz ungebührlichen Gewalt zu zerstören, und somit muss ich den Vorwurf entschieden

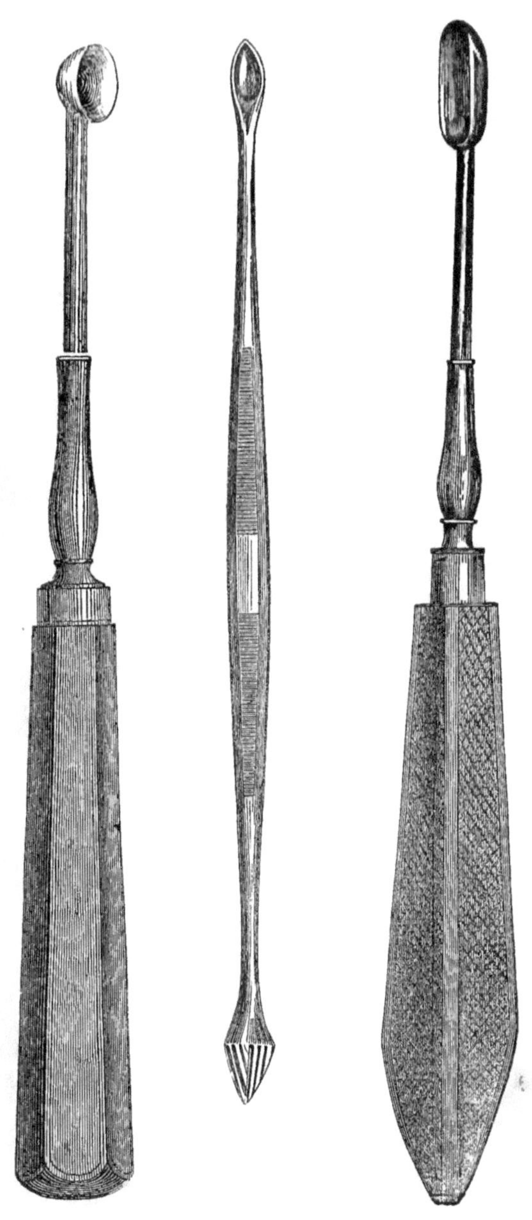

zurückweisen, der, wie ich auf mündlichem Wege erfahren habe, speciell der Behandlung des Lupus mit dem Bruns'schen Löffel von anderer Seite gemacht wird, dass er den Mutterboden zu sehr verwüste. Gerade im Gegentheil giebt es gar keine schonendere Art und Weise, die lupös zerfallenen Gewebsmassen zu entfernen, keine einzige, bei welcher alles irgend zu Erhaltende mit Sicherheit erhalten wird, bei welcher eben lediglich der schon wirklich vorhandene Defect constatirt, aber kein neuer gesetzt wird.

Gehen wir nun zur näheren Erörterung der einzelnen Affectionen über, bei welchen der scharfe Löffel mit Vortheil in Anwendung gezogen wird, so waren es zunächst hauptsächlich die so häufigen Verschwärungen der Haut und des Unterhautzellgewebes bei scrofulösen Individuen, mit ihren schlechten Granulationen und dünnen unterminirten, blaurothen, atrophischen Hauträndern, die auf seinen Gebrauch bei Ulcerationen der Weichtheile hinleiteten. Es ist bekannt, wie oft diese Affectionen auch einer sehr energischen Behandlung trotzen. Sie bieten ja an und für sich dadurch, dass ihnen constitutionelle Ursachen zu Grunde liegen, dass sie bei schlaffen, träge reagirenden Individuen entstehen, ganz besonders schlechte Chancen für die Heilung dar. Dazu kommt die Form ihres Auftretens als exquisite Hohlgeschwüre, die ihre Ausheilung so ganz ausserordentlich erschwert. Seit lange ist desshalb der Rath gegeben worden, die unterminirten Hautränder abzutragen und so das sinuöse Geschwür in ein offenes, den Medicamenten und Verbandmitteln und namentlich auch dem Aetzstift zugängliches zu verwandeln. Indessen, weder kommt man überall damit aus, noch ist es überall möglich, die Vorschrift auszuführen. Die Unterminirung der cutis kann in den schwersten Fällen zuweilen ganz ausserordentliche Dimensionen annehmen; so erinnere ich mich, wiederholt bei kleinen Kindern Hautablösungen gesehen zu haben, die sich fast über eine ganze Thoraxhälfte erstreckten. In andern Fällen dringen die Höhlungen und Buchten des scrofulösen Geschwürs auch wieder in grössere Tiefen, die sie bedeckende Haut ist gar nicht dünn und atrophisch, sondern hat oft noch eine ansehnliche Dicke, so dass man gar nicht daran denken kann, etwa alles Unterminirte zu opfern oder auch nur zu spalten.

Dazu kommt nun die eigenthümliche, durchaus characteristische Beschaffenheit, welche die Granulationen solcher scrofulösen Hohlgeschwüre anzunehmen pflegen und der man in dieser Weise kaum noch irgendwo anders begegnet. Sie verlieren alles körnige Aussehen, sind ausserordentlich blass, gelblichweiss, sehr ödematös und schlottrig, zuweilen vollständig wie Gallerte oder Johannisbeergelée, und von so geringer Consistenz, dass man sie mit dem Schwamme oder mit dem Scalpellstiel wegwischen kann. Zuweilen werden sie in solchen Mengen gebildet, dass man fast unglaubliche Massen mit dem Löffel herauswirft.

Mein College, Herr Dr. Friedländer, hat diese Granulationen einer eingehenderen mikroskopischen Untersuchung unterworfen, deren sehr interessante Resultate er binnen Kurzem ausführlicher veröffentlichen wird. Ich will hier nur erwähnen, dass sie die unverkennbarsten Beziehungen zur Tuberculose zeigen. Sie enthalten zahlreiche runde, von den lymphoiden Elementen wesentlich verschiedene, fast epithelioide, häufig mit Fetttröpfchen gefüllte Zellen, die die weissen Blutkörperchen wohl 3—4mal an Grösse übertreffen. Neben ihnen finden sich, oft in grösster Menge, Riesenzellen, die 20, 30 und mehr Kerne enthalten. Dieselben bilden in manchen Fällen mit einer Anzahl umgebender epithelioider Zellen runde, mehr weniger scharf von dem übrigen Granulationsgewebe sich absetzende, follikelartige Heerde, die sich genau wie Miliartuberkel verhalten, und bei ihrer gänzlichen Gefässlosigkeit und ihrer relativen Grösse, die bis $^1/_4$ und $^1/_2$ mm. ansteigt und jedenfalls die Weite einer

Capillarschlinge in den Granulationen bedeutend übertrifft, zur Necrobiose tendiren. Wenn wir auch noch nicht mit Bestimmtheit wissen, in wie fern etwa gerade diese Knötchen zu einer Tuberkelbildung in den nächstgelegenen Lymphdrüsen und weiter zu einer Verallgemeinerung der „Tuberculose" führen können, so werden wir uns nach den so wichtigen Aufschlüssen, die uns durch die neueren Untersuchungen über Tuberkelentwickelung von einem bestimmten concreten Heerde aus geworden sind, sicherlich keinen Augenblick zu besinnen haben, auch im Interesse der allgemeinen Constitution des Kranken solche Bildungen zu zerstören, wo wir sie finden. Dazu kommt, dass die Granulationen in diesem Zustande, nicht nur überhaupt zur Narbenbildung sich in keiner Weise eignen, sondern auch medicamentösen Einwirkungen, leichteren Aetzungen etc. äusserst unzugänglich sind. Sie haben nicht die Fähigkeit, auf leichtere Reize zu reagiren, und durch Aetzungen nur oberflächlich verschorft, wachsen sie bald in derselben Weise wieder nach.

Es ist eben nothwendig, solche schwammigen, gallertartigen Granulationen von Grund aus zu zerstören und den Mutterboden selbst durch einen acuten traumatischen Reiz zu treffen, wenn man eine gesunde, kräftige Granulationsbildung erreichen und eine rasche Benarbung ermöglichen will.

Zu diesem Zweck ist das Kali causticum vielfach mit gutem Erfolg gebraucht worden, und sicherlich kann man oft dasselbe damit erreichen, wie mit dem Löffel. Das Granulationsgewebe schmilzt unter seiner Einwirkung sehr rasch und wird leicht von ihm durchdrungen (S. Volkmann, Krankheiten der Bewegungsorgane, in Pitha und Billroth's Chirurgie II. 2, pag. 553). Indessen eignet sich der Aetzstift doch eigentlich nur für die flacheren Formen. Bei den tiefer eindringenden fistulösen Geschwüren wird seine Anwendung häufig bedenklich, zuweilen ganz unzulässig erscheinen.

Auch mit dem Höllensteinstift ist es leicht, die schlottrigen

Granulationen vollständig zu zerreiben; wir werden aber gleich sehen, wie die eigenthümliche Configuration des Geschwürsgrundes es hier besonders wünschenswerth macht, denselben jederzeit möglichst genau übersehen zu können.

Allen diesen Anforderungen genügt bei Weitem am besten der scharfe Löffel; dass es mit der grössten Leichtigkeit gelingt, die Granulationen mit ihm aus allen Winkeln heraus zu schaffen, ist nach den geschilderten Eigenthümlichkeiten derselben selbstverständlich; keine andere Methode gewährt aber ausserdem einen so klaren Ueberblick über die besondern Verhältnisse, welche der Mutterboden darbietet.

Es zeigt sich nämlich jetzt, dass die gallertigen Granulationen einem ausserordentlich dichten nnd festen Gewebe entsprossen, welches sich in seinem äussern Anschn viel eher einer blosgelegten Fascia nähert. Man findet einen sehr resistenten, schwartig verdickten Untergrund, blassen Aussehens, sehr wenig vascularisirt, welcher ganz im Gegentheil zu den schwammigen Granulationen, die er trug, den Angriffen des scharfen Löffels einen unüberwindlichen Widerstand entgegensetzt. Das Ganze bietet die grösste Analogie mit dem auffallenden Gegensatz, wie er sich in gewissen Stadien des Chalazion zwischen dem sulzigen Inhalt und der verdickten, fast sehnig gewordenen Capsel herauszubilden pflegt.

Der Geschwürsboden zeigt nun häufig an einzelnen Stellen rundliche Lücken, Bohrlöchern ähnlich, durch welche die Granulationen in Form von dünnen zapfenartigen Fortsätzen in die Tiefe dringen und sich oft noch ziemlich weit in die Nachbarschaft erstrecken. Diese Lücken stehen bald dichter, bald weniger dicht an einander; man könnte sie mit den isolirten, runden, wachswabenähnlich nebeneinanderstehenden Defecten vergleichen, wie sie Rokitansky (Handbuch der speciellen patholog. Anatomie, II., pag. 227) als charakteristisch für gewisse Formen der tuberculösen Caries beschrieben hat, oder in den Granulationszapfen Analogien finden, die bei der sogenannten caries sicca bald hier bald da von aussen in den Knochen hineinwuchern. Diese Zapfen, im Mittel, etwa von der Dicke eines dünnen Bleistifts, bald etwas stärker, bald etwas schwächer, sind ebenfalls wieder von ganz festem, sehnigem Gewebe umschlossen. Sie müssen, wenn der Eingriff von raschem Erfolg gekrönt sein soll, ebenfalls sorgfältig entfernt werden. Bei Anwendung von Aetzmitteln werden sie wohl sehr oft übersehen. Bei Gebrauch des Löffels sind sie dagegen leicht zu erkennen und werden ohne Mühe mit einem länglichen schmalen Instrument aus ihrer schwartigen Hülle herausgegraben.

Man sollte vermuthen, dass in Folge ihrer so ausserordentlich unregelmässigen Gestalt die Aussichten für die Heilung solcher Geschwüre ganz besonders gering seien. Das ist indessen durchaus nicht der Fall. Hat man die schlechten Granulationen aus alle den zahlreichen recessus sorgfältig weggekratzt, sind ganz dünne und atrophische Hautpartien abgetragen, wurden bei weiter gehenden Hautablösungen an den entferntesten Stellen Contraaperturen angelegt und allenfalls Drainageröhren hindurch gezogen, so stopft man die Wunde einfach mit Charpie, Lint, entfetteter Watte aus und das Weitere kann nun der Natur ruhig überlassen werden. Der Erfolg ist fast stets ein absolut sicherer und ein ganz überraschend schneller. Wie aus blosgelegtem, seines Periosts beraubtem Knochen sprossen nach einigen Tagen kleine frisch rothe Granulationsknöpfchen aus dem sehnigen Geschwürsgrunde hervor. Bald ist die ganze Wunde davon bedeckt. Die Löcher und Buchten füllen sich damit aus, die unterminirten Hautpartieen legen sich an. Bald kann man die Drainageröhren entfernen, und in ungemein kurzer Zeit, oft in 2—3 Wochen, werden derartige Ulcerationen, die Jahre lang bestanden und stets vergeblich behandelt wurden, zur völligen und definitiven Heilung gebracht. Das geht natürlich noch rascher, wo weniger complicirte Verhältnisse vorliegen, als wir sie eben angenommen haben, wo man durch Abtragen der Hautränder und Zerstörung der Granulationen einfache, schüsselförmige Defecte herzustellen im Stande war.

Solche einfachere Geschwüre kamen ganz besonders im Gesicht und am Hals, z. B. häufiger in der Parotisgegend und am Kieferwinkel, dann an den Gelenken, am häufigsten vielleicht am Cubitus vor, und zwar meist bei Kindern und jüngern Individuen, während die schwereren und complicirteren Formen nur selten am Hals, häufiger am Rumpf und an den Extremitäten, und eigentlich ohne Unterschied in fast allen Lebensaltern beobachtet wurden, mit Ausnahme vielleicht des eigentlichen Greisenalters.

Ist erst die Bildung von guten Granulationen eingeleitet, so haben wir immer gefunden, dass die harzigen Salben, namentlich also die Basilicumsalbe, eine rasche und kräftige Wucherung derselben bis zur Ausfüllung des Defectes und eine schnelle Benarbung ganz besonders beförderten.*)

---

*) Ich kann mir nicht versagen, hier eine Erfahrung mitzutheilen, die wir wiederholt in höchst frappanter Weise über die Wirkung therpenthinhaltiger Salben zu machen Gelegenheit hatten, und die bei dem noch fast vollständigen Mangel an festen Indicationen für die Wahl der verschiedenen Verbandmittel vielleicht von einigem Interesse sein mag. Im Allgemeinen sind ja die Salben, wie fast überall, so auch bei uns, durch wässrige Verbandmittel aus der Wundbehandlung grösstentheils und mit Recht verdrängt. Nun ist es uns wiederholt aufgefallen, dass Wunden bei feuchter Behandlung mit einfachem Wasser, mit Carbolsäure, mit adstringirenden Lösungen, häufiger vielleicht noch mit alkoholischen Mitteln blass wurden, dass die Granulationen sich nicht recht entwickeln wollten, und nur als kleine, kaum nadelspitzengrosse rothe Pünktchen sich von der übrigen grauen oder fast weissen Wundfläche differencirten. Wurden solche Wunden des Morgens mit ung. basil. verbunden, so waren sie oft schon des Abends, nach der kurzen Zeit von 10—12 Stunden, von den schönsten hochrothen körnigen Granulationen bedeckt. Aehnliche Erfolge sahen wir

Ich hebe noch besonders hervor, dass die Narben nach dieser Behandlung der scrofulösen Geschwüre auffallend wenig entstellend und sehr glatt werden, und sich dadurch sehr vortheilhaft vor den strahligen, unregelmässigen, mit vielen kleinen Höckern und Zipfeln, Resten atrophischer Hautpartikelchen versehenen Narben auszeichnen, wie sie nach weniger energischen Behandlungsmethoden oder nach langsamer spontaner Ausheilung zurückbleiben, und wie man sie oft genug in der Jugend scrofulös gewesene Personen das ganze Leben hindurch entstellen sieht.

Ich kann mich kaum eines Beispiels von den in Rede stehenden Geschwüren entsinnen, in welchem nicht eine einmalige Anwendung des Verfahrens genügt hätte. Eine Ausnahme bilden nur jene Fälle sehr weit gehender Hautablösungen bei ganz jungen, elenden, schlecht genährten Kindern, bei denen dann aber doch meist eine, wenn auch sehr beschränkte Knochenaffection der Ausgangspunct der Vereiterung gewesen war. Im Uebrigen kann man mit grosser Sicherheit darauf rechnen, dass, wo in ähnlichen Fällen ein rascher und vollständiger Erfolg nicht eintritt, irgend ein ernsthafteres Leiden, namentlich Knochencaries, bisher der Untersuchung entgangen war.

Aus der grossen Zahl der mir vorliegenden Krankengeschichten will ich nur eine in der Kürze referiren.

K. H., 42jähriger Fabrikarbeiter, wurde am 6. September 1871 in die chirurgische Klinik aufgenommen. Seit $^5/_4$ Jahren litt er an Vereiterung des Unterhautzellgewebes des ganzen Handrückens. Ohne nachweisbare Ursache brach ein Abscess nach dem andern auf, es blieben Fisteln zurück, ohne Tendenz zur Heilung. Die vereiterten Stellen standen vielfach mit ein-

---

zuweilen, wenn auch weniger sicher, eintreten, wenn sehr glatte spiegelnde Wundflächen in derselben Weise behandelt wurden.

ander in Communication, der ganze Handrücken war unterminirt; Patient hatte viele Schmerzen und war zu jeder Arbeit
unfähig.

Bei seiner Aufnahme sind etwa ein Dutzend Fisteln vorhanden, die ganz den Eindruck von Fisteln bei Caries der
Handwürzelknochen und des Metacarpus machen; nirgends
aber geräth die Sonde auf blosliegenden Knochen. Die Granulationen sind schlottrig, sehr blass, ödematös, wie bei scrofulösen Geschwüren. Ein exquisites Geschwür der Art von
Groschengrösse mit unterminirten dünnen Hauträndern bis zum
Umfang eines Thalers ist im Laufe der letzten vier Wochen
auf der linken Brustseite entstanden. Patient ist von bleichem,
cachectischem Aussehn, leidet an hartnäckigem Hüsteln, die
Auscultation lässt in beiden Lungenspitzen Rasselgeräusche und
unbestimmte Exspiration erkennen. Am 8. 9. wird das Evidement der Ulcerationen mit dem Bruns'schen Löffel vorgenommen. Vielfach finden sich die charakteristischen bleistiftdicken
runden Zapfen von schlechten Granulationen, die von sclero-
tischem Gewebe umgeben in die Tiefe dringen. Die unterminirten Hautränder werden abgetragen. Hydropathischer
Umschlag.

Die Schmerzen hörten nach dem ersten Tage auf und
kehrten nicht wieder. Rasch entstanden gute Granulationen
und die Benarbung begann. Patient konnte 8 Tage nach der
Operation entlassen werden.

Als er sich 14 Tage später wieder vorstellte, war die
Heilung vollendet.

Wie dürfen wir uns nun vorstellen, dass die günstige
Wirkung des geschilderten therapeutischen Eingriffs zu Stande
kommt?

Dass die Verbesserung der äussern Gestalt dieser Geschwüre nicht das allein Wesentliche ist, haben wir schon gesehen. Ein Haupthinderniss für ihre spontane Ausheilung wird

offenbar durch die eigenthümliche Reaction der benachbarten Gewebe auf den Reiz des primären Entzündungsheerdes abgegeben. Wie sich bei der scrofulösen Gelenkentzündung tumor-albus Schwarten entwickeln, so geschieht auch hier eine ausgedehnte Neubildung jungen Bindegewebes in der Umgebung des Geschwürs. Durch diese narbenähnlichen Massen kann die Blutcirculation nur sehr schwierig vor sich gehen, die ungenügend ernährten Granulationen bleiben blass und schlaff, und je länger der Prozess dauert, um so stärker prägen sich diese Verhältnisse aus. Schaben wir mit dem Löffel die schlechten Granulationen heraus, so entfernen wir nicht nur das zur Heilung Unbrauchbare und sie Störende, sondern treffen auch mit dem traumatischen Reiz ganz direct das schwartig indurirte Gewebe der Umgebung. Wir fügen also, wie so oft in der chirurgischen Therapie, dem langsam sich hinschleppenden Process, dem die Tendenz zu einem ganz bestimmten Abschluss nicht inne wohnt, eine einfache acute Entzündung hinzu, deren Producte die Neigung zu rascher Rückbildung haben und welchen eine restitutio ad integrum in unmittelbarster Weise zu folgen pflegt.

Wir haben uns dabei wohl zu denken, dass bei dieser schnellen und prompten Rückbildung auch die Producte der chronischen Entzündung durch eine Art Contactwirkung in einen gleichen Prozess mit hineingerissen werden; oder wenigstens, so dachte man sich das früher. Eine Reihe von Untersuchungen über die Wirkungsweise starker Hautreize, die ich in jüngster Zeit vorgenommen habe, und deren Resultate ich an einem andern Orte ausführlicher besprechen werde, haben mich indessen zu einer etwas andern Auffassung geführt und mich die Ueberzeugung gewinnen lassen, dass unter dem Einflusse der acuten Entzündung ganz direkt namentlich die zelligen Elemente des alten Gewebes einer acuten Fettmetamorphose verfallen, und durch Derivate der ausgewanderten weissen Blutkörperchen ersetzt werden. Mag es indessen genügen, ganz kurz diese Ansicht hier anzudeuten, die, wenn sie richtig ist, uns dem physiologischen Verständniss der Resultate altbekann_ter und längst geübter therapeutischer Massnahmen einen Schritt näher bringen würde. Durch die Einschmelzung des schwielig entarteten Bindegewebes, durch die stärkere Vascularisation werden die Haupthindernisse für die Entstehung guter Granulationen beseitigt, und die Benarbung pflegt dann rasch zu folgen.

Die gleichen Verhältnisse, wie wir sie in den scrofulösen Hautulcerationen finden, kommen hin und wieder auch sonst noch zur Beobachtung. So tritt nicht selten auch die Mastdarmfistel mit den ausgeprägtesten Characteren eines scrofulösen Hohlgeschwüres auf, dünner, unterminirter Haut, mannichfach verzweigten Fisteln mit verschiedenen Recessus und sclerotischer Umgebung, massenhaften, sulzigen, geléeartigen Granulationen. Auch in diesen Fällen erwies sich nach Spaltung der Fisteln die Ausschabung mit dem scharfen Löffel mehrmals als eine rasch und sicher zur Heilung führende Methode; so wurde von Herrn Prof. Volkmann namentlich ein Kranker dadurch geheilt, bei welchem nach früheren Operationen immer wieder Recidive eingetreten waren. Auch nach Schussfracturen spongiöser Knochen beobachtete Volkmann öfters in den Fisteln die Bildung gleicher Granulationen, die dann mit demselben günstigen Erfolge ausgeschabt wurden.

In der Anwendung der in Rede stehenden Methode schloss sich dem scrofulösen Hautgeschwür zunächst das Drüsengeschwür an. Es ist selbstverständlich, dass man nicht jede erweiterte Lymphdrüse bei einem scrofulösen Individuum sofort mit dem scharfen Löffel tractiren wird. Viele schliessen sich ja nach dem Aufbruch bei der einfachsten Behandlung rasch von selbst. Indessen ist es jedem Arzte bekannt, welche Schwierigkeiten in den schwereren Fällen solche Ulcerationen

der Drüsen und des periadenitischen Gewebes der Behandlung
bieten können. Der Grund mag wohl sein, dass die Wandungen dieser Abscesshöhlen eine noch viel unregelmässigere Gestalt gewinnen, als es bei den blossen Verschwärungen der
Haut und des Unterhautzellgewebes der Fall ist, welche letztere natürlich die Drüseneiterungen stets noch compliciren. Am
schlimmsten ist das, wo weniger die Drüse selbst der ursprüng-
liche Heerd der Entzündung ist, als vielmehr der Eiter wesentlich im umgebenden Bindegewebe entsteht, und die chronisch
geschwollene Drüse umspült und grossentheils von ihrer Nachbarschaft lospräparirt. Zuweilen sitzen solche Drüsen nur noch an
den am hilus ein- und austretenden Gefässen fest, ragen frei
in die Abscesshöhle hinein, und wirken, da sie nicht hinreichend
lebhaft reagiren, um von ihrer Kapsel aus gute Granulationen
zu produciren, förmlich wie fremde Körper auf die Unterhal-
tung der Eiterung. Je mehr Drüsen erkranken, um so com-
plicirter gestalten sich die Verhältnisse, um so schwieriger wird
die spontane Ausheilung. Am Hals, an der Leistengegend gehören diese schwereren Formen keineswegs zu den Seltenheiten.

In den einfacheren Fällen genügt es nun auch hier, die
schlechten Granulationen von der Innenseite der Cutis wie von
der Oberfläche der Drüsen mit dem Löffel herauszuwischen,
und durch weitere Spaltung und eventuell Abtragung dünner
Hautränder das Geschwür unter günstigere Bedingungen zu ver-
setzen. Bei jenen schwereren Formen kommt man aber damit
nicht aus, sondern ist genöthigt, die von Eiter umspülten Drüsen und Drüsenreste mit zu entfernen. Das ist nicht immer
ganz einfach. Die Drüsen selbst haben keineswegs jene weiche
sulzige Beschaffenheit, welche die scrofulösen Granulationen
auszeichnet und sie der Behandlung mit dem halb stumpfen
Instrument so zugänglich macht; sie sind sogar nicht selten so
fest, dass man ohne ungebührliche Gewalt mit dem Löffel nicht

zum Ziel kommt; dann muss natürlich Messer und Scheere nachhelfen.

Dazwischen stehn nun andere Fälle, wo weder die Drüsen so isolirt und gleichsam lospräparirt sind, dass man sie bequem exstirpiren kann, noch auch auf der andern Seite weich genug, dass alle erkrankten Parthien leicht mit dem Löffel entfernt werden könnten. Sie bieten für eine rasche Heilung die schlechtesten Chancen; selten kommt man ohne mehrmalige Wiederholung des Evidements aus, wenn dasselbe auch schliesslich doch und zwar immerhin wohl noch erheblich rascher als andere Behandlungsmethoden, zum Ziel führt. So machten uns z. B. einmal bei einem $1^1/_2$jährigen, ganz exquisit scrofulösen Knaben vereiterte Bubonen der Leistengegend viel Noth. Das Kind hatte einen doppelseitigen angeborenen Klumpfuss und wurde mit Gipsverbänden behandelt, und zwar halb und halb ambulatorisch, so dass es stets zu jedem Verbandwechsel auf ein paar Tage in die Klinik aufgenommen und dann wieder auf einige Wochen entlassen wurde. Trotz aller Vorsicht wurden die Verbände von dem noch unreinlichen Knaben doch hin und wieder durchnässt, und es entstanden leichte Excoriationen am rechten Fuss; in Folge davon vereiterten die Inguinaldrüsen derselben Seite und brachen mit mehreren fistulösen Oeffnungen auf, und als nach längerer Abwesenheit das Kind wieder in die Klinik gebracht wurde, war es sehr heruntergekommen, und die 4—5 Fistelöffnungen secernirten grosse Quantitäten dünnen Eiters. Nach einem Evidement wurde zunächst sehr rasch die Secretion viel besser und quantitativ geringer; zwei Fisteln heilten nach etwa 3 Wochen; die andern hatten sich zwar sehr eingezogen, doch musste nach zwei Monaten zu einer abermaligen Anwendung des Löffels geschritten werden. Erst 6 Wochen später erfolgte auch hier die Heilung.

Dem gegenüber steht aber eine ganze Reihe anderer Fälle, bei denen viel raschere und glänzendere Resultate erzielt wurden.

Als Beispiel will ich nur die Krankengeschichte von einem jungen Menschen anführen, welcher jetzt in der chirurgischen Klinik als Wärter thätig ist. Derselbe stammt aus einer tuberculösen Familie und litt seit seinem vierten Jahre an Eczemen und Drüsenvereiterungen am Hals, die zwar nach jahrelangem Bestehen vorübergehend zur Heilung kamen, denen aber bald neue abscedirende Adenitiden folgten. Bei seiner Aufnahme in die Klinik in seinem 16. Jahre zog sich der characteristische Gürtel von scrofulösen Haut- und Drüsenulcerationen von einem Ohr unter dem Kinn her zum andern; hin und wieder sah man dazwischen alte Narben. Ueber dem manubrium sterni war ein frischer Abscess entstanden, noch nicht aufgebrochen. Durch wiederholtes Auslöffeln der Fisteln, Drüsen und Hohlgeschwüre und Abtragen der unterminirten Ränder wurde trotz der äusserst unregelmässigen Gestalt der Ulcerationen, die in der Gegend der Kieferwinkel so tief gingen, dass bei der Vernarbung sogar erhebliche Schwierigkeiten beim Kauen entstanden, der seit 12 Jahren bestehende Krankheitsprocess in der verhältnissmässig kurzen Zeit von 6 Wochen zum Abschluss gebracht. Recidive, die sich hin und wieder zeigten, wurden theils durch frühzeitige sehr energische Jodbepinselungen coupirt, theils durch das Evidement abermals rasch geheilt. Patient ist jetzt seit vier Jahren absolut gesund. *)

Nach den günstigen Erfahrungen bei den scrofulösen Haut- und Drüsengeschwüren lag es natürlich sehr nahe, auch auf andere chronische torpide Ulcerationen, zunächst auf solche, die mit der Scrofulose in einem gewissen Zusammenhang standen, die Anwendung des scharfen Löffels zu übertragen. So boten sich zunächst die Fälle von tumor albus dar, bei wel-

---

*) In gleicher Weise erwies sich das Ausschaben mit dem Löffel gelegentlich auch bei vereiterten syphilitischen Bubonen nützlich, namentlich in veralteten Fällen, die mit Ablösungen der Haut, Fistelbildung, Bloslegung geschwellter Drüsenkörper u. s. w. einhergingen.

chen bei geingerrer Betheiligung des Gelenks Abscedirungen der periarticulären Schwarten zu fistulösen Aufbrüchen geführt hatten. Ein Versuch zeigte sofort, dass es sich hier um die Bildung derselben ödematös sulzigen, schlottrigen Granulationen handle, wie wir sie in jenen andern Fällen gefunden hatten, und von denen wir schon wussten, dass man durch ihre gänzliche Entfernung dem Kranken den besten Dienst leiste. Bei dem eminent chronischen Verlaufe dieser Formen der scrofulösen gonitis war natürlich ein rascher Erfolg von vorne herein nicht zu hoffen, und ein Blick auf die örtlichen Verhältnisse mussste weiter dazu dienen, zu kühne Erwartungen nicht aufkommen zu lassen. Diese Fisteln durchsetzen ja ein so starres, unnachgiebiges, schlecht vascularisirtes Gewebe, dass dadurch einigermassen die Bedingungen, unter denen sich Fisteln und Defecte der Knochen befinden, repräsentirt erscheinen. Der träge Stoffwechsel, die Unmöglichkeit einer raschen Gefässneubildung, die Starrheit der Abscesswandung sind ja dort die bekannten Hindernisse für eine schnelle Verkleinerung der Wunde, denen sich hier obenein noch die schlechten constitutionellen Verhältnisse hinzugesellen.

Diese Einflüsse machten sich wiederholt bei derartigen Kranken in eigenthümlicher Weise geltend. Zwar blieb niemals der unmittelbare, rasch eintretende günstige Erfolg des Abschabens der schlechten Granulationen aus; stets fingen in den nächsten Tagen diese Geschwüre an, sich mit guten und frischen Granulationen zu füllen, die Benarbung wurde eingeleitet. Allein dieselben gewannen trotz dauernder möglichst reizender Behandlung plötzlich von Neuem das alte gallertige Aussehn. Die Heilung stand still, die junge Narbe zerfiel wieder, und während man sich dem Ziele schon sehr nahe geglaubt hatte, war man plötzlich nicht viel weiter, wie im Anfang.

Der ganze Habitus des Vorganges gleicht oft ganz ungemein dem, was man bei der Heilung grösserer Hautdefecte zu schen pflegt. Bis auf einen gewissen Punkt geht Vernarbung und Verkleinerung der Wunde in regelmässiger Weise vor sich. Dann, mit der zunehmenden Spannung der normalen Haut der Umgebung sowohl wie der bereits gebildeten Narbe selbst macht die Heilung einen Stillstand, die vorher frisch rothen Granulationen werden blass, zerfallen und reissen auch einen Theil der fertigen Narbe in den Zerfall mit hinein.

In dem einen wie in dem andern Falle mögen das Hinderniss für die vollständige Heilung wohl die Schwierigkeiten bilden, welche die Blutcirculation hier in der gespannten Narbe, dort in dem schwieligen Gewebe zu überwinden hat. Diese Hindernisse aus dem Wege zu räumen und so der indicatio causalis zu genügen, ist die Aufgabe der Therapie.

Wir haben oben schon gesehen, wie die künstliche Erzeugung einer acuten Entzündung die Resorption solcher fibrösen Massen anregen kann; nur wird hier entsprechend der viel bedeutenderen Mächtigkeit derselben eine häufigere Wiederholung des Verfahrens nothwendig sein.

So wurde im Jahre 1868 ein 7 jähriger Knabe in der Klinik an tumor albus genu behandelt. Die Krankheit bestand seit 4 Jahren. Vor 3 Jahren war ein Abscess auf der vordern Seite des Gliedes, dicht unterhalb des Gelenkes, aufgebrochen, seit mehr als einem Jahre ein zweiter etwa 2 Zoll oberhalb des äussern Randes der patella. Beide Fisteln secernirten dünnen Eiter in ziemlichen Quantitäten fort und führten theils eine Strecke weit unter dünne unterminirte Haut, theils in die Tiefe. Nachdem 3 Monate lang alle möglichen reizenden Einspritzungen und Verbandmittel erfolglos angewendet waren, wurde am 12. Sept. zum Evidement geschritten und die dünnen Hautränder abgetragen. Vier Tage später zeigten sich überall im Grunde der Wunde gute Granulationen, bald begann die Benarbung. Aber schon am 25. Sept. wurden dieselben wieder schlaff und oedematös und wucherten über das Niveau der Haut hervor.

Mit Höllensteinätzungen und reizenden Verbänden wurde etwa 6 Wochen lang ohne Erfolg experimentirt, dann am 4. Nov. das Evidement wiederholt. Sofort entstanden von neuem kräftige Granulationen und bei Verband mit unguent basil. war in noch nicht ganz 4 Wochen die Heilung vollendet.

Auch dieser Fall ist nur ein unter vielen ähnlichen zufällig herausgegriffener. Analoge günstige Erfolge konnten in den meisten übrigen constatirt werden:

Es war nur ein kleiner Schritt weiter auf der einmal betretenen Bahn, von dem Ausschaben der periarticulären Fisteln zu dem der Gelenke selbst überzugehen, und namentlich in Fällen, wo wegen fungöser Caries schliesslich zur Resection geschritten werden musste, das Evidement der genannten Operation noch hinzuzufügen. Die ersten Resultate waren durchaus ermuthigend, und bald wurden regelmässig die wuchernden Granulationen, welche zunächst von der Synovialis ausgegangen, den Gelenkraum erfüllen und schrankenlos in Knochen und Weichtheile hineinwachsen, ohne irgend wie zur Benarbung zu tendiren, so viel als möglich mit dem Löffel abgekratzt, sicherlich nicht ohne glückliche Einwirkung auf den Heilungsverlauf.

Obgleich nach Herrn Dr. Friedländer's Untersuchungen diese Granulationen microscopisch den bisher besprochenen in scrofulösen Hautgeschwüren etc. sich vorfindenden durchaus gleichen, und ebenfalls fast regelmässig Riesenzellen und miliare, gerade hier besonders discrete, Tuberkel zeigen, so unterscheiden sie sich doch von jenen meistens nicht unwesentlich durch ihr macroscopisches Verhalten. Ebenfalls oft genug schlaff und schlottrig und sehr wenig resistent, sind sie doch weniger ödematös und von etwas derberer Beschaffenheit als jene; ihre Farbe ist eine opakere. Vor allen Dingen ist aber ihr Mutterboden ein ganz anderer, nicht entfernt so scharf gegen sie abgesetzt, wie bei den scrofulösen Hautgeschwüren. Nirgends hat das gesunde Gewebe durch eine entzündliche Verdichtung reagirt und dadurch dem Weitergreifen der Erkrankung einen Damm gezogen. Die Granulationen gehen vielmehr ohne scharfe Grenze in dasselbe über, entsprechend ihrem viel maligneren und zerstörenderen Character.

So ist auch bei sehr energischem Gebrauch des Löffels an eine so absolut reine Entfernung derselben wie in den oben besprochenen Fällen von vorn herein nicht zu denken. Man muss sich begnügen, nur die allerweichsten, durch Reste des normalen Gewebes gar nicht mehr zusammengehaltenen Parthien heraus zu schaffen.

Die Verbindung des Evidements' mit der Resection der Gelenkenden hat aber. noch eine andere wichtige Seite; denn nicht selten setzt es uns in die Lage, mit einer weit weniger ausgedehnten Resection auszukommen, als ohne dasselbe nöthig gewesen wäre um allen kranken Knochen zu entfernen. Ja noch mehr, es giebt unzweifelhaft Fälle, in denen nur durch den Gebrauch des scharfen Löffels eine Resection überhaupt noch ermöglicht wird, während sonst die Amputation absolut indicirt sein würde. So stellte sich in zwei Fällen von Hüftgelenksresection wegen Caries nach Absägen des oberen Femurendes heraus, dass die Erkrankung des Knochens im Markkanale sich noch viel weiter nach abwärts erstreckte, als man nach dem äussern Ansehen hätte annehmen sollen. Herr Professor Volkmann durchsägte nun nicht etwa den Femur noch einmal tiefer unten im Gesunden, sondern begnügte sich, die kranken Parthien mit dem Löffel herauszuschaben. In beiden Fällen blieb in der Ausdehnung von $1^1/_2 - 2''$ nur eine ganz dünne äussere Knochenschale übrig. Der eine Kranke erlag zwar bald nach der Operation seinem Leiden. Bei dem andern, einem 12jährigen Knaben, trat eine ganz ungewöhnlich rasche und günstige Heilung ein, es exfoliirte sich auch nicht der kleinste Sequester. Ebenso wurde bei einem kleinen Mädchen mit Caries des Knies, als nach Absägung der Gelenkenden der Tibia eine ausgedehnte caries centralis zu Tage trat, mit bestem Erfolge eine tiefe Aushöhlung des caput tibiae vorgenommen. Noch frappanter war eine 4te Beobachtung. Bei einer älteren Frau war nach einer Amputation des Fusses nach Syme eine traumatische Osteomyelitis der Tibia und partielle Vereiterung des Markcylinders eingetreten. Die Erkrankung erstreckte sich bis $3\frac{1}{2}''$ vom unterem Ende nach aufwärts. In dieser Gegend wurde eine Contraapertur in den Knochen angelegt, d. h. mit dem Meissel ein Loch in die substantia compacta geschlagen, die ganze Knochenhöhle sorgfältig ausgeschabt und eine Drainageröhre hindurchgezogen. Auch hier stand nur noch eine ganz dünne Knochenschale. Dennoch füllte sich dieselbe allmählig mit guten Granulationen und es trat nach einiger Zeit ohne weitere Zwischenfälle die Heilung ein.

In gleicher Weise kann man auch bei Pirogoff's osteoplastischer Fussamputation, wenn der processus poster. calcanei so erweicht ist, das man sich nicht getraut, ihn ohne weiteres zu benutzen, oder wenn sein Markgewebe vereitert ist, die Ausschabung vornehmen, und nur die äussersten Lagen der compacta, eventuell fast nur das Periost zurücklassen. Man hat dann gewissermassen die Syme'sche Operation, aber eine mit osteogenem Gewebe ausgekleidete, bald durch ossificirende Elemente sich ausfüllende Fersenkappe. In dieser Weise wurde bei einer älteren Frau mit gutem Erfolge verfahren. Das Tuber calcanei war ungewöhnlich erweicht und missfarbig, nur eine sehr dünne ganz elastische äusserste Knochentafel mit dem Periost blieb zurück.

Wir haben oben gesehen, dass eine reine Entfernung der Granulationen aus fungös entarteten Gelenken nicht wohl möglich ist; es ist natürlich, das dadurch die Sicherheit des Erfolges beeinträchtigt werden muss. Häufig mussten die nach der Resection zurückbleibenden Fisteln noch wiederholten Auslöffelungen unterworfen werden. Uebrigens fiel dabei auf, dass

diese Fistelgänge selbst, soweit sie in den periarticulären Weichtheilen verliefen, stets die bekannten gallertigen Granulationen
enthielten, wie sie für das scrofulöse Hautgeschwür so charac-
teristisch sind. Zu betonen ist indessen, dass auch hier ein
unmittelbarer günstiger Erfolg der Operation nie vermisst wurde,
dass stets die Wunden sich zunächst mit guten Granulationen
bedeckten, wenn dieselben auch später oft von Neuem ein
krankes Aussehen gewannen. Zuweilen hatten wir aber
doch die Freude, nach einem einmaligen Evidement die Heilung eintreten zu sehen. In andern Fällen wurden bei jeder
Wiederholung die abgeschabten Granulationen gesunder und
fester, die Gänge enger, bis das Ziel schliesslich doch erreicht
wurde.

Aus den mir vorliegenden mannigfachen Beispielen hierfür
will ich nur einige flüchtig skizziren.

1. Eine 22jährige junge Frau erkrankte an puerperaler
Entzündung des rechten Ellenbogengelenks, welche sich durch
ungemein hohe Schmerzhaftigkeit und raschen Aufbruch aus-
zeichnete, und nach welcher Caries mit mehrfacher Fistelbildung
zurückblieb. Von einem bekannten Chirurgen wurde die Resection des Ellenbogengelenks ausgeführt. Der Verlauf war
Anfangs günstig, allein die normale vollständige Heilung trat
nicht ein. Anderthalb Jahre nach der Operation wandte sich
die Patientin an Herrn Professor Volkmann, um sich den
Arm nachträglich amputiren zu lassen. In der Nähe des sehr
aufgetriebenen Ellenbogengelenkes zeigten sich mehrere Fisteln.
An der Rückseite, entsprechend der Operationswunde ein mehr
wie hühnereigrosser Granulationspilz, der stark jauchte und
bei jeder Berührung blutete. In der Chloroformnarcose wurde
ein Evidement vorgenommen, und etwa $^{3}/_{4}$ Tassenkopf voll
Granulationen entfernt, die Knochen jedoch wieder Erwarten
nicht blosliegend gefunden. Nach dem Evidement waren fast
dieselben Verhältnisse wieder hergestellt, wie unmittelbar nach

der Resection. Die jetzt vorhandene grosse Höhle war nur von einer dünnen Lage Weichtheile umgeben, die Knochen sehr beweglich. Die vollständige Heilung trat in der kurzen Zeit von 6 Wochen ein. Das neugebildete Gelenk erreichte keine ganz normale Festigkeit, doch war das Resultat der Resection immerhin ein gutes zu nennen. Flexion und Extension wurden später mit hinreichender Kraft ausgeführt.

Ein zweiter Fall betrifft einen 10jährigen Knaben, welcher seit 4 Jahren an einer rechtsseitigen Coxalgie litt, die etwa ein Jahr nach Beginn des Leidens zu einer Trennung des Schenkelkopfes vom Halse und zum Aufbruch eines Congestionsabscesses geführt hatte. Lange schien man dennoch eine Ausheilung ohne operativen Eingriff hoffen zu können; aber eine Fistel nach der andern entstand, die Eiterverluste wurden immer grösser, bis man sich am Ende (Juli 1869) doch zur Resection entschliessen musste. Der Schenkelkopf war vom Halse getrennt und in der Pfanne festgewachsen. Im übrigen fand sich floride caries am Schenkelhalse wie am Becken.

So günstig die Heilung der grossen Resectionswunde anfangs verlief, so trat doch ein Stillstand ein, nachdem sie sich bis auf eine mässig enge Fistel geschlossen hatte. Patient machte schon sehr hübsche active Bewegungen im resecirten Gelenk, als noch alle alten Fisteln bestanden. Vier Monate nach der Resection wurden sie zum ersten Male sämmtlich energisch ausgeschabt. Bei keiner gelangte man dabei auf cariösen Knochen. Dieses Evidement wurde in den nächsten 6 Monaten noch 4—5 Mal wiederholt. Nach jedem Male heilte der eine oder andere Eitergang aus, die andern wurden enger und bekamen ein besseres Aussehen, und nach Ablauf der genannten Zeit konnte Patient mit nur noch einer einzigen, ganz engen Fistel, die kaum noch secernirte, nach Hause entlassen werden.

Dieser Fall war durch Torpidität des Verlaufs und schlechte

constitutionelle Verhältnisse ein ganz ungewöhnlich schwerer. Von besonderem Interesse war dabei ausserdem, dass die bei dem letzten Evidement gewonnenen Granulationen, welche einer genauen microscopischen Untersuchung unterworfen wurden, exquisite amyloide Degeneration der Wandungen der kleinsten Gefässe erkennen liessen. Dieselben fielen mir sofort wegen ihrer unverhältnissmässigen Dicke und ihres durchsichtigen hyalinen Glanzes auf; der Verdacht auf speckige Entartung wurde durch die Jodreaction bestätigt. Im Urin war nie etwas abnormes zu finden gewesen.

Leider ist es mir seitdem noch nicht gelungen, das Vorkommen amyloider Entartung in den Gefässen der Granulationen von fungösen Gelenken oder bei Knochennecrosen noch einmal zu constatiren. Jener Fund stammt aus dem Juni 1870, und der bald ausbrechende Krieg lenkte meine Aufmerksamkeit von diesem Gegenstande ab. Hält man diese Entdeckung indess mit der Erfahrung zusammen, dass man bei den bekannten Knochen und Gelenkaffectionen zuweilen die dem Erkrankungsheerd zunächst gelegenen Lymphdrüsen amyloid degenerirt findet, ehe irgend eines der inneren Organe erkrankte, so liegt die Vermuthung nahe, dass der die Speckentartung hervorrufende Stoff zunächst im Krankheitsheerd selbst entsteht und auf dem Wege des Lymphstroms erst dem Blute zugeführt werden muss, ehe die grossen Unterleibsdrüsen davon inficirt werden. Ich möchte die Herren Collegen bitten, eventuell auf diesen Punkt, der ein gewisses Interesse haben würde, zu achten. Denn sollte es sich herausstellen, dass die amyloide Degeneration in einer grössern Anzahl von Fällen einen localen Ursprung hat, und dass dann die Granulationen ihr primärer Sitz sind, so würde man vielleicht hier ebenso wie bei den scrofulösen Hautgeschwüren dem Kranken durch das Ausschaben der letzteren einen grösseren Dienst leisten, als man a priori hätte vermuthen können.

Den angeführten Beobachtungen schliessen sich zwei andere an, bei denen sich die Resection ganz und gar durch das Evidement ersetzen liess:

1. Ein 6jähriges Mädchen erkrankte an Coxitis, welche nach einiger Zeit zum Aufbruch an der Aussenseite des Femur, hinter dem grossen Trochanter führte. Diese Fistel schloss sich indessen wieder, nachdem sich in der plica inguinalis, $1/2''$ nach aussen von der arteria femoralis und ebensoviel unterhalb des Poupartschen Bandes ein zweiter Abscess geöffnet hatte. An dieser Stelle bestand nach $1\,1/2$ Jahren noch eine stark secernirende Fistel. Das Bein war verkürzt, ganz wie bei einer Schenkelhalsfractur nach aussen umgefallen, und im Hüftgelenk leicht beweglich, so dass die Diagnose auf Trennung des Schenkelkopfes vom Halse oder völlige Zerstörung dieser Theile gestellt werden musste. Da die Fistel an der vordern Seite ganz direkt ins Hüftgelenk führte, so wurde sie behufs Untersuchung desselben mit dem Finger mit laminaria bis zum gewünschten Grade erweitert. Es fanden sich nun im Gelenk zwei etwa haselnussgrosse lose Knochenstückchen, sonst nur üppig wuchernde Granulationen von gelblicher Farbe. Nachdem dieselben mit dem Löffel in grossen Mengen entfernt waren, auch die Pfanne vollständig ausgeleert, ergab sich, dass Schenkelkopf und Hals völlig verzehrt waren. Der Trochanterstumpf, ebenso wie die Pfanne zeigten aber ziemlich festes, rothes Knochengewebe, nirgends mehr eigentliche Caries, so dass gar kein Grund für die Resection vorlag. Es wurde eine Drainageröhre eingeführt, um den Eiterabfluss zu erleichtern, und die Heilung erfolgte mit sehr beweglichem Gelenk in 3 Monaten, bei einer Verkürzung von $3/4''$ und ziemlich stark evertirtem Fusse.

In einem ähnlichen Falle von coxarthrocace bei einem 6jährigen Mädchen, bei welchem gleichfalls der Aufbruch vorn,

unter dem Poupartschen Bande und nach aussen von der arteria
femoralis erfolgt war, und ebenso aus dem Umfallen des Fusses
nach aussen auf eine Continuitätstrennung am Schenkelhals
diagnosticirt werden musste, wurde die Fistel nach aussen dilatirt
und der Rest des völlig gelösten Schenkelkopfes, etwa $\frac{1}{3}$ eines
normalen repräsentirend, ohne Mühe mit der Kornzange extrahirt. Die Pfanne war sehr flach, wahrscheinlich ausgefüllt
durch eingewachsene Parthien des Schenkelkopfes, und noch
cariös; der Trochanter gesund. Ausschaben der Pfanne und
der schlechten Granulationen. Das Allgemeinbefinden hob sich
nach der Operation bedeutend; die Heilung machte gute Fortschritte. Nach zwei Monaten wurde das Kind mit nur noch
sehr enger Fistel, vollkommen fieberfrei und anscheinend ausser
aller Gefahr nach Hause entlassen. Dort soll 3 Monate nachher eine sehr profuse Eiterung eingetreten sein, welcher die
Kleine bald erlag.

Bei der Besprechung des Ausschabens von Gelenken habe
ich schon einigermassen auf das Gebiet hinüberstreifen müssen,
für welches das Evidement ursprünglich empfohlen und in ausgedehnter Weise und als ein therapeutisches Princip von Sédillot wieder in die Praxis eingeführt wurde, das Gebiet der
rareficirenden Knochenkrankheiten, der Caries, Ostitis und Osteomyelitis. Da das Sédillot'sche Verfahren im Allgemeinen
noch verhältnissmässig wenig Anhänger gefunden zu haben
scheint, so ist es vielleicht nicht überflüssig, einige Worte über
die Beobachtungen · zu sagen, die in der hallischen Klinik in
Betreff dieses bei uns so häufig geübten Eingriffes gesammelt
wurden. Wie ich nachträglich beim Lesen der Sédillot'schen
Arbeit zu meiner Freude bemerkte, haben uns dieselben unab-
hängig von ihm grossentheils zu denselben Anschauungen geführt, und sind durchaus geeignet, seine Aufstellungen theils
zu bestätigen, theils zu ergänzen. Sédillot bezeichnet mit
Recht als die Krankheit, bei welcher das Evidement der

Knochen die glänzendsten Resultate liefere, die nicht ulceröse ostitis und osteomyelitis, mag es dabei nun zur Bildung eines Sequesters gekommen sein, oder nicht. Was zunächst die letzteren Fälle betrifft, so sind ja Erkrankungen, die ganz unter dem Bilde einer acuten Periostitis und Osteomyelitis verlaufen, ohne zu eigentlichen Necrosen zu führen, nicht so selten. Der Knochen vascularisirt sich stärker, verdickt sich, in der Umgebung entstehen Knochenneubildungen, und bahnt man sich den Zugang zum Krankheitsheerd, so findet man nichts, als eine mit schlechten Granulationen gefüllte Knochenhöhle, oder zwar blosliegenden, aber vollkommen vascularisirten und lebensfähigen Knochen. Ich führe kurz einen einschlägigen Fall an:

Ein 18jähriger Mensch erkrankte unter sehr heftigen Erscheinungen einer acuten Osteomyelitis am untern Ende des Femur, welche in 6 Wochen zum Aufbruch führte. Es entstand eine Fistel an der äussern Seite dicht über dem condylus externus, eine andere gerade gegenüber auf der innern Seite. Mit der Zeit verdickte sich der Femur sehr stark. Als Patient etwa ein Jahr später in die Klinik aufgenommen wurde, kam man mit der Sonde von beiden Oeffnungen aus auf eine kleine entblösste Knochenstelle an der hintern Seite, dicht über der fossa poplitaea. Eine Cloake war aber nirgends zu entdecken, der blosgefühlte Knochen stets unbeweglich. Auch eine Erweiterung der Fisteln mit laminaria führte zu keinem Resultat, es war eben kein Sequester zu finden. Trotzdem schlossen sich die Fisteln nicht; es wurde abermals mit laminaria erweitert, so dass man mit dem Finger untersuchen konnte. An einer Stelle schien eine Spalte im Knochen vorhanden zu sein; hier durfte man vielleicht einen Sequester vermuthen. Diese Stelle lag dicht oberhalb des Kniegelenks, an der hintern und äussern Seite. In Abwesenheit des Herrn Prof. Volkmann machte ich von aussen eine Incision und drang gegen sie vor; der

Spalt wurde mit dem Meissel erweitert, es zeigte sich aber bald, dass man dadurch nur zu einem von einer starken Spange neugebildeten Knochens überbrückten Raum gelangte, in welchem kein Sequester lag. Der Knochen war ganz weich, so dass man ihn mit dem Raspatorium abschaben konnte, und enorm blutreich. Die Granulationen wurden abgekratzt, und einiges vom Knochen mit dem scharfen Löffel entfernt.

Die Fisteln hatten $1\frac{1}{2}$ Jahr bestanden; sofort nach dem Eingriff entstand eine sehr kräftige Granulationsbildung; die Temperatur war schon am dritten Tage wieder normal. Nach 14 Tagen waren die Wunden mit guten Granulationen gefüllt, nach 4 Wochen die Heilung vollendet.

Gleiche Erfahrungen sind noch öfter gemacht worden. Es bildet sich eben nicht selten nach Knochenentzündungen, seien sie spontan entstanden oder durch Fracturen herbeigeführt, ein solcher stabiler Zustand aus, in welchem der entblösste, sehr erweichte und stark vascularisirte Knochen keine Granulationen hervorwachsen lässt, und sich gar keine Neigung zur Beendigung des Processes durch Ausheilen zu erkennen giebt. Erst ein neuer kräftiger Reiz muss den Anstoss dazu liefern, und dann erfolgt die definitive Heilung auf eine oft sehr schnelle Weise.

Aber auch, wo die Osteomyelitis den gewöhnlicheren Ausgang in Necrose des Knochens gemacht hatte, hatten wir in einer Reihe von Fällen Gelegenheit zu constatiren, dass die Entfernung schlechter Granulationen aus den Todtenladen niemals, wie man das früher allgemein fürchtete, ungünstige Folgen hat, namentlich niemals zu weitern, wenn auch oberflächlichen Necrotisirungen führt. Die alte Vorschrift, den innern Granulationsbelag solcher Knochenkapseln bei der Sequestrotomie möglichst zu schonen (s. Volkmann's Bewegungsorgane pag. 311), wurde nach und nach immer weniger beachtet, ja, es wurde schliesslich geradezu zur Regel, bei eingekapselten Necrosen die meist schlaffen, häufig sehr blassen und stark fettig infiltrirten Granulationen bei der Entfernung des Sequesters mit auszuräumen, zumal da sie ja nothwendig bei der Operation vielfach zerquetscht und zerrissen werden, stärkere Blutungen zwischen ihnen geschehen u. s. w., so dass sie massenhaft mortificiren und die Wundsecretion eine Zeit lang dadurch eine recht schlechte und übelriechende wird. Werden dagegen die Todtenladen sauber ausgelöffelt, so wachsen aus dem Knochen um so schneller gute Granulationen hervor, je jünger und weicher und je vollkommener vascularisirt er noch ist. Die Knochenhöhle füllt sich dann viel schneller aus, als man es sonst sieht, die sonst so langsame Heilung wird wesentlich beschleunigt. Verzögert sie sich, so wird die Auslöffelung eventuell sogar wiederholt. — Die im ersten Moment oft nicht unbedeutende Blutung steht fast immer bald von selbst; im Nothfall ist sie nirgends so bequem wie gerade hier sofort durch die Tamponade zu stillen.

Auf diese Erfahrungen fussend, wurde dann der scharfe Löffel theils nach vorgängiger Erweiterung mit laminaria, theils ohne dieselbe in einer grösseren Reihe von Fällen auch bei alten Knochenfisteln angewendet, wie sie nach Necrosenoperationen, complicirten Fracturen, besonders Schussfracturen etc. oft Jahre lang noch fortbestehen, und fast regelmässig rasche Heilung durch denselben erzielt.

Ganz besonders empfiehlt sich das Evidement der Todtenladen aber in den Fällen, wo der necrotisirende Process nicht auf die Diaphysen beschränkt blieb, sondern sich auch auf die Gelenkköpfe erstreckte. In dem spongiösen Gewebe der letzteren kommt es dann bekanntlich selten zu reinen Necrosen, sondern die Ostitis nimmt leicht einen malacischen und selbst ulcerirenden Character an, und es droht die Gefahr eines Durchbruchs des Eiters in das nahe Gelenk. Es ist hier also von ganz besonderer Wichtigkeit, ein Fortschreiten der Erkrankung zu verhindern und möglichst schnell eine kräftige Reaction des noch lebensfähigen Knochens anzuregen.

Sédillot berichtet über 3 Fälle, die sich wohl hier ein-reihen lassen, (No. 3, 20 und 22 der in dem oben citirten Werke: „de l'évidement sous-periosté des os" angeführten Krankengeschich-ten), die sämmtlich das caput tibiae betrafen und alle glücklich ab-liefen, obwohl in dem ersten bis unmittelbar an den Gelenkknorpel herangegangen werden musste. Auch in unserer Klinik wurden mehrere derartige Beobachtungen gemacht. Zweimal, bei Männern von 37 und 17 Jahren, handelte es sich um Necrosen in der Dia-physe des Oberarms, welche sich bis in den Humeruskopf hin-ein erstreckten. Nach Extraction des Sequesters kam man in eine mit necrotischem Knochengrus gefüllte Höhle des Gelenk-kopfes, dessen stehen gebliebener Rest sich im Zustande cariö-ser Erweichung befand. Beide Male wurde die Höhle mit dem scharfen Löffel ausgeschabt und die necrotischen Stückchen sammt den Granulationen und den weichsten angrenzenden Kno-chenparthien entfernt. Die Heilung erfolgte darauf relativ rasch und ohne erhebliche Zwischenfälle in der gewöhnlichen Weise, obwohl beide Male nur eine sehr dünne Knochenschale stehen geblieben war, und man bei dem einen Kranken an den hin-tern Parthien des ausgehöhlten Gelenkkopfes nur noch das ela-stische Periost fühlte. Beide Kranken erhielten den absolut ungestörten Gebrauch des Armes, volle Freiheit der Gelenkbe-wegungen und ihre volle Muskelkraft wieder, ein Resultat, wel-ches doch selbst die gelungenste Resection, und zu dieser wäre es vielleicht ohne das Evidement gekommen, zu erreichen ausser Stande ist.

In einem dritten ähnlichen Falle, der unter sehr schweren Symptomen verlaufen war, handelte es sich um eine centrale Caries des rechten Oberarmkopfes bei einem jungen Mädchen. Hier war der Schnitt zur Resection bereits gemacht, als hart an der Insertion der Kapsel eine cloakenförmige Oeffnung im

Knochen entdeckt wurde, die den Löffel einzuführen und eine vollständige Ausschabung des Gelenkkopfes vorzunehmen gestattete. Auch hier gelang die vollkommene Heilung ohne jede Functionsstörung.

Ein weniger glücklicher Erfolg wurde bei einem 22jährigen jungen Menschen erreicht, bei welchem die Zerstörung schon zu weit vorgeschritten war, als dass der Durchbruch des Eiters in das Gelenk noch hätte aufgehalten werden können. Derselbe war unter den Symptomen einer acuten Osteomyelitis am untern Ende der linken tibia erkrankt. Es kam nach einiger Zeit zum Aufbruch, die Fistel eiterte anfangs wie bei einer gewöhnlichen Necrose, dann wurde plötzlich die Secretion übelriechend und jauchig. Patient liess sich in die Klinik aufnehmen. Die Sonde führte auf central gelegenen blossen und beweglichen Knochen. Sofort wurde zur Sequestrotomie geschritten und es zeigte sich nun, dass nur ein paar kleine bröckliche mit Jauche durchtränkte spongiöse Sequester in einer weiten Höhle lagen, die mit missfarbigen zerfallenen Granulationen und sehr übelriechendem Secret gefüllt war. Die Sequester wurden extrahirt, und das zerfallene Granulationsgewebe sammt den erweichten halb zerstörten knöchernen Wandungen der Todtenlade äusserst vorsichtig mit dem Löffel abgeschabt; denn das Fussgelenk lag ausserordentlich nah, und die Operation wurde in dem vollen Bewusstsein dieser gefährlichen Nähe vorgenommen, aber auch in der Ueberzeugung, dass nur so sich vielleicht die Vereiterung desselben werde abwenden lassen. Es stellte sich aber heraus, dass die Verjauchung des Markgewebes und die Zerstörung des Knochens an einer Stelle bis unmittelbar an den Gelenkknorpel reichte; derselbe war in einer Ausdehnung von etwas mehr als Linsengrösse vollkommen blosgelegt, so dass man unter Zuhülfenahme eines Beleuchtungsspiegels von der Wunde her seine obere Fläche zu Gesicht bekommen konnte.

Es war natürlich von vorn herein äusserst unwahrscheinlich, dass die dünne gefässlose Knorpellage im Stande sein würde, sich zu erhalten und dem Eiter den Weg zum Gelenk abzusperren. Wie erwartet, geschah der Durchbruch einige Tage nach der Operation. Sobald sich dies Factum an dem sorgfältig mit dem Thermometer beobachteten Kranken constatiren liess, wurde die Resection des Fussgelenks vorgenommen. Das Resultat wurde dann übrigens ein ausgezeichnet gutes. Der Kranke wurde mit sehr brauchbarem, beweglichem Gelenk und 4 ctm. Verkürzung geheilt. (Siehe pag. 39 der Inauguraldissertation von L. Lauffs: „Zur Statistik der Fussgelenksresectionen", Halle 1872.)

Ich will hier gleich noch einige andere Fälle anreihen, die zwar nicht der Aetiologie, wohl aber dem Sitz der Erkrankung nach hierher gehören, und in denen Therapie und Verlauf den eben referirten Beobachtungen durchaus analog war.

Bei zwei Kranken, einem 36jährigen und einem 47jährigen Manne, handelte es sich um ganz dieselbe Affection, nämlich um eine centrale Caries im caput tibiae in Folge von Syphilis, Fälle, wie sie die Engländer als syphilitische Knochenabscesse beschrieben haben. Bei beiden war fistulöser Aufbruch nach der vordern Fläche der Tibia erfolgt, der Knochen stark aufgetrieben. Nach Erweiterung der Knochenfistel mit dem Meissel kam man mit dem Finger in eine weite, unregelmässige Höhle, die fast den ganzen noch dazu bedeutend vergrösserten Tibiakopf einnahm und stellenweise bis in die unmittelbare Nähe des Kniegelenks reichte. Bei koinem der beiden Kranken war ein Sequester vorhanden; bei dem jüngern lag hier und da der erweichte cariöse Knochen ganz blos, bei dem ältern war die ganze Höhle mit schlechten Granulationen ausgekleidet. Letztere, sowie eine oberflächliche Lage des cariös erweichten, aber nicht missfarbigen Knochens wurden mit dem Löffel herausgeschabt. Unter gleichzeitiger allgemeiner antisyphilitischer Behandlung entstanden nun rasch gesunde Granulationen. Bei dem ältern Kranken glich der weitere Verlauf ganz dem nach einer Necrosenoperation. Bei dem zweiten stiessen sich noch nachträglich kleine Knochenpartikelchen ab, und eine Stelle an der vordern Wand der tibia, die sich nicht mit Granulationen überkleidete, musste nach 4 Wochen noch einmal 'abgeschabt werden. 3 Monate nach der ersten Operation konnte auch er mit nur noch sehr enger, mit festen Granulationen ausgekleideter Fistel entlassen werden. Bei beiden stand der Durchbruch ins Gelenk offenbar nahe bevor und wurde durch die rechtzeitige Operation noch glücklich vermieden.

Ein solcher erfolgte wirklich in einem ähnlichen Falle, wo bei einem 13jährigen Mädchen in Folge von hereditärer Syphilis eine gummöse Geschwulst das untere Ende der Fibula ausgehöhlt hatte und in der Folge verjauchte. Vielleicht hätte die zeitige Anwendung des Bruns'schen Löffels dem Kinde die Fussgelenksresection erspart. Sie kam erst in Behandlung des Herrn Professor Volkmann, als der Durchbruch bereits geschehen war. Uebrigens hatte auch hier die Resection einen vorzüglichen Erfolg. (Siehe die Dissertation von Lauffs, pag. 41, No. 100.)

Was nun die eigentliche Caries betrifft, so scheinen mir für die Beurtheilung der Aussichten auf eine schliessliche Ausheilung ohne eine eingreifende Operation, abgesehen von dem Lebensalter und dem allgemeinen Kräftezustand, besonders zwei Umstände ins Auge zu fassen sein: die Verbreitung derselben und die Veranlassung, die sie zum Ausbruch gebracht hat. Je mehr sie beschränkt ist auf einen einzelnen Knochen, auf ein kleineres Gelenk, um so besser ist die Prognose. Ist ihre Ausdehnung eine grössere, sind z. B. an Hand- und Fusswurzel mehrere Knochen, mehrere Gelenke ergriffen, so erlebt man mit einer conservativen Behandlung in der Regel wenig Freude; je eher der Patient sich zur Amputation oder Resection entschliesst, um so besser wird es für ihn sein. Mir ist es dabei so vorgekommen, als tendirte im Allgemeinen besonders die Form der Caries, welche man unter dem Namen der caries necrotica, wenn auch wohl ohne triftigen Grund, als einen besonderen Krankheitsbegriff von den übrigen Arten der Knochenverschwärung hat trennen wollen, weniger zu einer diffusen Ausbreitung und gestattete daher, eine etwas bessere Prognose, als diejenigen Formen, bei denen eine sehr gleichmässige Erweichung und Granulationsdurchwachsung des Knochens stattfindet. Unsere Krankengeschichten weisen wenigstens eine Reihe von Heilungen gerade in solchen Fällen nach, in denen der cariöse Process mit partiellen Necrotisirungen einherging.

Was den zweiten Punkt angeht, so scheint die sogenannte caries traumatica, welcher nach einer directen Verletzung des Knochens, einer Stichwunde, einer complicirten Fractur zuweilen auftritt, im Allgemeinen weit häufiger bei geeigneter Behandlung auszuheilen, als die spontan entstandene. Der Process hat dann selten einen sehr progredienten Character, und insofern decken sich diese Fälle in gewisser Hinsicht wieder mit den vorigen.

Für alle diese verschiedenen Formen der ulcerirenden Ostitis ist aber die möglichst vollständige Entfernung alles Kranken offenbar eine Hauptbedingung für die Heilung. Gelingt es, die den Knochen durchsetzenden wuchernden Granulationen, den von Jauche durchtränkten, missfarbigen und noch nicht abgestossenen Knochen rein zu entfernen, erreicht man dadurch die Herstellung einer verhältnissmässig einfachen Hohlwunde des Knochens mit glatten, gesunden Wandungen, kann man jede Eiterstagnation verhindern, so sind die denkbar günstigsten Bedingungen für die Ausheilung gegeben, und selbst schon sehr erhebliche Substanzverluste werden in glücklichen Fällen dann noch ziemlich rasch ausgeglichen. Für ein solches Ausräumen cariöser Höhlen ist der Bruns'sche Löffel ohne

Frage das bei Weitem geeignetste Instrument. Wir haben schon oben gesehen, wie weit man bei seiner Benutzung mit der Schonung gesunder Parthien gehen kann, wie er uns in den Stand setzt, bald die Amputation, bald die Resection ganz zu vermeiden, bald wenigstens die Ausdehnung der letzteren sehr zu beschränken. Dazu kommt, dass ihm Körpergegenden zugänglich sind, z. B. am Becken und Sternum, wohin man sich mit andern Resectionsinstrumenten gar nicht oder nur mit grosser Gefahr wagen darf, ferner, dass er so ausserordentlich wenig Platz erfordert, dass oft gar nicht einmal eine Dilatation der Wunde nöthig ist, oft eine unblutige mit laminaria ausreicht.

Gleichwohl ist seine Handhabung gerade am Knochen für den Unerfahrenen weniger einfach und der Grad, der Kraft, den man anwenden darf, weniger leicht zu beurtheilen, als etwa bei dem scrofulösen Hautgeschwür. Ganz gewöhnlich ist bekanntlich bei cariösen Processen auch gesundes Knochengewebe nicht nur der nächsten Umgebung, sondern selbst der ganzen Extremität, theils in Folge der andauernden Entzündung, theils in Folge der langen Inactivität so porotisch, das Markgewebe hat sich auf Kosten der festen Substanz so vermehrt, dass es dem Löffel so gut wie keinen Widerstand bietet. Wiederholt sah ich bei Caries der Fusswurzelknochen, die zu partiellen Fussamputationen führte, z. B. die sämmtlichen ganz bestimmt nicht cariösen Phalangen und Metatarsalknochen so colossal erweicht, dass man sie ganz bequem mit dem Messer schneiden konnte, und in den hochgradigsten Fällen eventuell weder in der substantia compacta nach der spongiosa auch nur eine einzige Knochennadel übrig geblieben war. Der ganze Knochen bestand lediglich aus der Periosthülle, welche mit gelbem Fett angefüllt war, aber die Form des normalen Knochens vollständig repräsentirte. Die Knorpel waren absolut intakt. In andern Fällen geschieht die Hypertrophie des Markgewebes mehr in der Form einer einfachen Granulationswucherung und der Knochen erhält eine rothe Farbe.

Nach unsern Erfahrungen hat nun weder diese rein fettige Erweichung, noch die einfache rareficirende Ostitis, weder die Wucherung des gelben noch die des rothen Markes auf Kosten der tela ossea viel zu bedeuten. Mit der wieder beginnenden Function gleichen sich diese Störungen ganz von selbst aus, in der hallischen Klinik werden bei Resectionen etc. ganz principiell derartige erweichte Parthien ruhig zurückgelassen, wenn sie eben eine rein rothe oder gelbe Farbe haben, ohne dass sich jemals Unzuträglichkeiten danach gezeigt hätten. Nur alles missfarbige Gewebe muss sorgfältig entfernt werden. (S. Volkmann, Krankheiten der Bewegungsorgane, pag. 325.) Merkwürdiger Weise scheinen die Chirurgen in dieser Beziehung noch zu keiner allgemeinen Verständigung gelangt zu sein, obgleich schon die Beobachtungen, die man bei der Ausübung des Brisement forcé immer einmal wieder zu machen Gelegenheit hat, die Richtigkeit der oben ausgesprochenen Ansicht bestätigen. Es ist ja bekannt, dass nach langer Inactivität in Folge chronischer Gelenkentzündungen etc. selbst die stärksten Röhrenknochen, femur und tibia, so porotisch und so brüchig werden, dass sie einem bei der genannten Operation ohne die äusserste Vorsicht wie morsches Holz unter den Fingern zerbrechen. Gleichwohl ist bekanntlich diese Brüchigkeit nie eine dauernde, sie verliert sich, sobald die Extremität wieder functionirt, und die Fracturen solcher Knochen heilen eher rascher als die gesunder. Offenbar handelt es sich hier wie dort um ganz anologe Processe. Uebrigens hebt auch schon Pirogoff hervor, dass man einfach fettig erweichten Knochen ohne Bedenken stehen lassen könne. Er erwähnt nämlich bei Gelegenheit der ersten Mittheilung über die nach ihm benannte Fussamputation, dass in dem zweiten Falle, in welchem dieselbe ausgeführt wurde, das Fersenbein und die Gelenkfläche der ti-

bia so erweicht und fettig entartet waren, dass sie sich mit
dem Amputationsmesser schneiden liessen. Gleichwohl war der
Erfolg der Operation ein durchaus guter. (S. Pirogoff, Klinische Chirurgie, Erstes Heft, pag. 15.) Eine ähnliche Erfahrung machte Sédillot. In seinem Werk: de l'évidement des
os, (Paris, 1860) findet sich gelegentlich der Beschreibung eines
erfolgreichen Evidements bei Caries des Fussgelenks in Folge
einer Distorsion pag. 137, folgende Stelle: Le tissu osseux est
ramolli, friable, et comme converti, surtout intérieurement, en
tissu graisseux. Il suffit d'une légère pression sur une gouge
coudée pour excaver la malléole, l'extrémité articulaire de l'os
et une portion de la diaphyse dans une étendue de 8 à 10
centimètres. L'os est ramolli, beaucoup plus haut
mais nous ne pensons pas nécessaire de prolonger
l'évidement, dans l'espoir, que la régéneration
osseuse triomphera de ces modifications morbides,
puisque la lésion produite par l'entorse aura été combattue dans
son siége primitif.

Ich kann mir nicht versagen, aus einer Reihe mir vorlie-
gender Krankengeschiehten von glücklichen Heilungen der oben
erwähnten Formen der Caries in aller Kürze einige Beispiele
als Beweise meiner Behauptungen an dieser Stelle anzuführen.

1. Im Sommer 1869 kam ein 36jähriger, seit der Puber-
tätszeit an chronischen Lungenbeschwerden leidender Mann in
die Behandlung der chirurgischen Klinik. Seit etwa einem
halben Jahre hatte er wiederholt Abscesse in der Gegend des
linken Sternoclaviculargelenks und über dem Sternum bekommen, welche spontan aufbrachen und Fisteln zurückliessen.
Jetzt war ein neuer grosser Abscess über dem manubrium
sterni vorhanden. Die Untersuchung ergab, dass alle Fisteln
auf cariösen Knochen führten, und dass sowohl das linke Sterno-
claviculargelenk, wie auch das Sternum selbst in seiner ganzen
obern Hälfte und ein Theil der zweiten und dritten Rippe von der

Krankheit ergriffen waren. Die Haut war vielfach unterminirt, so dass einzelne Fisteln dadurch mit einander communicirten. Ueber der linken Lungenspitze war deutliche Dämpfung vorhanden. Patient war in letzter Zeit sehr abgemagert, war sehr matt geworden, hatte viel Husten und profuse Nachtschweisse.

Der Abscess wurde gespalten, die unterminirten dünnen Hautränder abgetragen, die schlechten Granulationen von den Hohlgeschwüren der Haut und aus den Fisteln ausgeräumt, alle cariösen Stellen des Sternums und der Rippen ebenso wie das Sterno-clavicnlargelenk in ausgiebiger Weise mit dem scharfen Löffel ausgekratzt und die communicirenden Fisteln durch Drainageröhren verbunden. Es hatte sich dabei herausgestellt, dass an einer Stelle das Sternum vollständig perforirt war, so dass der Löffel bis in das mediastinum anter. drang. Es erfolgte eine sehr unbedeutende Reaction; sehr bald entwickelten sich überall gesunde Granulationen, eine Reihe von Fisteln schloss sich, das Sterno-clavicnlargelenk heilte aus. 6 Wochen später musste die Operation in sehr viel weniger eingreifender Weise wiederholt werden, worauf die definitive Heilung rasch eintrat. Der ganze Allgemeinzustand des Patienten hatte sich während der Zeit ungemein gebessert. Er hatte körperlich ausserordentlich zugenommen und konnte seine Arbeit als Schmied ein ganzes Jahr lang wieder aufnehmen. Dann freilich ging er an rasch fortschreitender phthisis pulmonum, unter deren Einfluss sich noch eine Caries des Kreuzbeins ausbildete, zu Grunde. Es war also trotz der äusserst ungünstigen constitutionellen Verhältnisse doch eine Heilung des Localleidens und damit eine wenn auch vorübergehende Besserung des ganzen Zustandes herbeigeführt.

In einem ganz ähnlichen Falle von ausgedehnter Caries sterni erreichte Herr Professor Volkmann in seiner Privatpraxis bei einem Kinde völlige und dauernde Heilung.

Ganz unerwartet rasche und glückliche Erfolge wurden in 5 Fällen von auf den processus mastoideus beschränkter, nach otitis interna entstandener Caries durch das Evidement erreicht. Zwei derselben betrafen Erwachsene, und da unter den Ohren-ärzten Heilungen dieses Leidens gerade bei Erwachsenen zu den Seltenheiten gerechnet werden, so hat es vielleicht einiges Interesse, sie hier anzuführen.

1. Bei der ersten Kranken, einem 17jährigen sonst ge-sunden Mädchen, hatte ein Schleimpolyp des mittleren Ohrs den cariösen Process im Warzenfortsatz angeregt. Ersteren gelang es mir, durch Abschnüren mit der Wilde'schen Schneideschlinge und Aetzen mit Lapis auf die Dauer zu beseitigen. Die Caries war auf den process. mastoid. allein beschränkt. Der Knochen war stark erweicht, so dass man ohne Weiteres mit dem schma-len ovalen Löffel durch die Fistel in denselben eindringen konnte. Kleine necrotische Stückchen lagen im cariösen Kno-chen und wurden mit herausgeräumt. Nach sorgfältiger und vorsichtiger Ausschabung der nicht sehr grossen Höhle erfolgte die Heilung in wenig Wochen. Zwei Jahre hindurch habe ich die Kranke immer wieder von Zeit zu Zeit gesehen, sie ist ge-sund geblieben.

2. Fast noch glänzender war das Resultat bei einer äl-tern, etwa 45jährigen Frau; bei ihr war die Caries des process. mastoid. ohne ein eigentliches Leiden des Gehörorgans entstan-den, so dass es sich in diesem Falle, da noch andere unzwei-felhafte Symptome sogenannter tertiärer Syphilis vorhanden waren, wahrscheinlich um eine centrale gummöse ostitis han-delte. Auch sie war begränzt, auch hier konnte der Löffel ohne grossen Widerstand in den erweichten Knochen eindrin-gen. Grössere necrotische Stücke wurden entfernt, die hier wohl ziemlich den ganzen processus mastoid. einnehmende Höhle ausgeschabt. In Zeit von 3—4 Wochen war die Heilung vollendet.

Die andern 3 Fälle betrafen Kinder bis zu 10 Jahren:

3. Anna P., 10 Jahr alt, leidet an einer angeborenen Missbildung des rechten Ohrs mit sehr hochgradiger Stenose des knorpligen Eingangs in den äussern Gehörgang, so dass derselbe nur für eine sehr feine Sonde durchgängig ist. Vor zwei Jahren erkrankte sie an einer otitis interna. Der Eiter, der nach aussen nicht abfliessen konnte, bahnte sich einen Weg durch den process. mastoid. Seitdem dauert die Eiterung fort. Eine Cloake vom Durchmesser einer Erbse führte in eine cariöse Höhle mitten im Warzenfortsatz, in welcher 5 linsen- bis bohnengrosse Sequester lagen. Dieselben wurden entfernt und die schlechten Granulationen sowie die missfarbigen Knochenparthien abgeschabt. Das Kind war nach 3 Monaten völlig geheilt.

4. Anna K., $4^1/_2$ Jahr alt. Seit $2^3/_4$ Jahren eitriger Ohrenfluss der rechten Seite, der ohne besondere Symptome entstanden, immer copiöser geworden ist. Seit $^1/_2$ Jahre haben sich heftige Schmerzen hinter dem Ohr eingestellt und alle 2—4 Wochen trat eine starke Ohrenblutung ein; aber schon seit einem Jahr wurden von Zeit zu Zeit kleine Knochenstückchen, bis linsengross, aus dem äussern Gehörgang ausgestossen. Bei der Aufnahme fand sich der äussere Gehörgang mit polypösen Wucherungen gefüllt, die theils excidirt, theils mit Aetzmitteln zerstört wurden. Das Trommelfell fehlte. In der Paukenhöhle war keine Caries nachweisbar, doch war die ganze Hinterohrgegend geschwollen. Eine Incision legte hier den ganz erweichten proc. mastoid. bloss, der ohne Weiteres unter starker Blutung mit dem Messer gespalten werden konnte. Dadurch wurde eine grosse Höhle eröffnet, die den ganzen Warzenfortsatz einnahm und sich namentlich nach hinten stark ausdehnte. Sie war von gelben, speckigen Granulationen gefüllt und enthielt einen bohnengrossen Sequester. Ihre Wände waren von ungemein stark erweichtem Knochen gebildet. Das

Evidement wurde nach hinten und oben mit grosser Vorsicht ausgeführt. Nach Vollendung desselben zeigte sich, dass an einer silbergroschengrossen Stelle nach hinten und oberhalb vom process. mastoid. die Schädelhöhle eröffnet war. Der Finger hatte deutlich das Gefühl einer gespannten Membran. Es folgte keine erhebliche Reaction, namentlich keine Hirnerscheinungen. Nach 14 Tagen musste das Kind leider entlassen werden. Die Wunde hinter dem Ohr schloss sich rasch, der Eiter floss zum Ohr heraus, wurde aber immer weniger copiös, und nach Jahresfrist konnte die völlige Heilung constatirt werden.

In dem letzten Fall, bei einem 4jährigen Knaben, handelte es sich um eine rein malacische Caries ohne Necrosen. Man konnte eine gebogene Sonde durch die Fistel hinter dem Ohr hinein und durch den Knochen hindurch zum äussern Gehörgang wieder herausführen. Der Knochen war so weich, dass er sich mit dem Messer schneiden liess. Bei ihm musste das Evidement übrigens zweimal wiederholt werden und vergingen etwa 8 Wochen bis zur Heilung.

Es ist natürlich nicht möglich, aus so wenigen Fällen erschöpfende Regeln für den Gebrauch des scharfen Löffels bei Caries des Felsenbeins zu abstrahiren. Einzelne Gesichtspunkte ergeben sich aber sofort von selbst und verdienen vielleicht hervorgehoben zu werden.

Selbstverständlich ist zunächst, dass die cariöse Erkrankung gewisse Grenzen nicht überschritten haben darf, um noch die Anwendung des Löffels zu erlauben. Im mittleren Ohr und gar an seiner Decke mit ihm zu arbeiten, dürfte kaum zulässig sein, ebenso wie man sich der Nähe der vena iugularis und der arteria carotis interna stets wird bewusst sein müssen, um seinen Operationen nicht eine ungebührliche Ausdehnung zu geben, oder sie mit unstatthafter Gewalt auszuführen. Dass natürlich die Möglichkeit der Anwendung des Löffels eine gewisse Erweichung des Knochens zur Vorbedingung hat, und dass in Fällen von einfacher Eiterung in den Zellen des processus mastoideus das Evidement die Eröfnung desselben mit bohrenden Instrumenten oder mit dem Meissel nicht ersetzen kann, ist selbstverständlich.

Einige andere Beobachtungen von Ausheilung cariöser, mit partiellen Necrotisirungen verknüpfter Processe beziehen sich z. B. einmal auf den Metatarsalknochen des grossen Zehen bei gleichzeitiger Betheiligung des metatarso-phalangealgelenks, ein andermal auf die zweite phalanx der grossen Zehe. Eine ziemlich ausgedehnte Caries der Handwurzelknochen bei einem 19jährigen Maurer, welche schon zur Subluxation der Hand geführt hatte, war nach 2maligem Evidement nach 3 Monaten anscheinend der Heilung sehr nahe, als Patient aus pecuniären Rücksichten die Klinik verliess.

Der schwerste Fall, in welchem das Evidement noch mit glücklichem Erfolge angewendet wurde, war aber folgender:

Ein 19jähriges Mädchen litt seit längerer Zeit an Symptomen von Fussgelenksvereiterung mit zunehmender Geschwulst und Fistelbildung am Hacken. Gelöste Sequester im Innern des Calcaneus waren sicher zu constatiren. Es wurde ein Bogenschnitt quer über die hintere Hackenseite und die Insertion der Achillessehne hinweglaufend, gemacht, letztere abgelöst, die Fersenkappe zurückpräparirt und so der calcaneus blosgelegt. Von letzterem war nur noch eine dünne Knochenschale mit cloakenartigen Löchern übrig, im Innern fanden sich massenhafte spongiöse Sequester. Das Sprunggelenk war eröffnet. — Auskratzen mit dem scharfen Löffel, Nachbehandlung mit vorderer Suspensionsschiene. Die Heilung erfolgte verhältnissmässig langsam, Patientin konnte aber doch nach 6 Monaten wieder auftreten.

Auch diese Kranke ist indessen spätern Nachrichten zufolge an einer innern Krankheit, wahrscheinlich Lungentuberculose, gestorben.

Wie die vorstehenden Krankengeschichten zeigen, kam es bei diesen Fällen von spontaner, auf Grund schlechter constitutioneller Verhältnisse entstandener Caries zuweilen vor, dass die Fortschritte des Allgemeinleidens die Erfolge der localen Therapie illusorisch machten. Viel reiner traten die letzteren hervor, wo ein Trauma die Veranlassung zur Erkrankung des Knochens gegeben hatte, und keine allgemeine Dyscrasie das Leben des Kranken bedrohte.

So heilte sehr rasch eine traumatische Caries des calcaneus bei einem 7jährigen Knaben, der sich $^3/_4$ Jahr ehe er in Behandlung kam, eine starke Nadel in denselben getreten hatte. Es war eine heftige Entzündung gefolgt, und eine Fistel an der äussern Seite des calcaneus, nach hinten und unten vom malleolus, entstanden. Durch eine Incision im Bereich der Fistel wurde eine cariöse Entblössung der Gehfläche des calcaneus constatirt. Da die einfache Drainage ohne Erfolg blieb, so wurde auch hier, wie oben, um keine Narbe auf die Sohlenfläche des Fusses zu bekommen, die ganze Fersenkappe abpräparirt, der calcaneus von unten stark ausgehöhlt, und eine Drainröhre quer durch die Sohle gelegt. Die völlige Heilung gelang in 7 Wochen.

Ein weiterer Fall betraf einen 54jährigen früher gesunden Arbeiter, welcher eine schwere, in das Fussgelenk penetrirende Fractur des untern Endes des Unterschenkels erlitten hatte. Im Laufe von 7 Monaten consolidirte dieselbe trotz einer wenig sorgfältigen Behandlung, doch blieben mehrere Fisteln zurück, der Fuss war unförmlich geschwollen, am Hacken ein grosser Decubitus entstanden, so dass vor der Hand an keine Gebrauchsfähigkeit zu denken war. Patient kam wegen dieses Leidens in einem sehr reducirten Zustande in die Klinik.

Die Stellung des Fusses war eine annähernd normale, die

ganze Gelenkgegend indessen durch periostale Auflagerungen und schwartige Entartung der Weichtheile so enorm verdickt, dass vor der Hand eine nachträgliche genauere Diagnose des Verlaufs der Fractur nicht gestellt werden konnte. Eine Fistel auf der äussern, zwei auf der innern Seite führten zu einem geringen Residuum des Fussgelenks, welches im Uebrigen völlig verödet und grossentheils knöchern ankylosirt war. Die Sonde liess überall rauhen entblössten Knochen erkennen, doch war nicht mit Bestimmtheit zu sagen, ob es sich um einen Sequester oder um Caries handle.

Nachdem durch erhöhte Lagerung und hydropathische Umschläge eine bedeutende Abschwellung des Fusses erreicht war, und die anfangs profuse übelriechende Secretion der Fisteln sich bedeutend verringert hatte, wurde auf beide Malleolen eine Längsincision gemacht und die Fistelgänge durch partielle Abmeisselung des Knochens etwas erweitert. Man überzeugte sich dabei, dass kein Sequester vorhanden war, sondern eine wenig ausgedehnte traumatische Caries vorlag. Es wurde daher nur ein Evidement vorgenommen, nach welchem man Wasser quer durch den Fuss spritzen konnte. Drainageröhren sicherten den Eiterabfluss.

Trotzdem sich anfangs sehr rasch gute Granulationen bildeten und die Benarbung begann, musste das Evidement doch noch zweimal wiederholt werden, da die Granulationen ganz in der characteristischen Weise immer wieder blass wurden und zerfielen. Dennoch war drei Monate nach der ersten Operation die Heilung vollendet, so dass Patient Gehversuche machen konnte. Er gewann dann bald eine sehr gute Functionsfähigkeit wieder, indem das Chopart'sche Gelenk in ziemlich ausgedehnter Weise eine vicariirende Beweglichkeit für das ankylosirte Sprunggelenk bekam.

So äusserst gering im Allgemeinen die Reaction auf diesen Eingriff ist, so kommt doch natürlich, namentlich in einer Klinik, auch wohl einmal ein ungünstiger Verlauf vor. Immerhin ist ein tödtlicher Ausgang nur ein einziges Mal beobachtet worden, trotzdem die Operation, die ja bei manchem Kranken öfter wiederholt werden musste, Hunderte von Malen ausgeführt wurde. In dem erwähnten Falle handelte es sich um eine wenig ausgedehnte Caries des calcaneus bei einem 50jährigen Manne, bei dem nur eine ziemlich oberflächliche Abschabung vorgenommen wurde. Der Patient bekam schon am folgenden Tage einen Schüttelfrost, und ging an Pyämie zu Grunde. Solche unerwartet unglücklichen Ausgänge kommen aber unter schlechten sanitätlichen Hospitalverhältnissen gelegentlich bei jedem chirurgischen Eingriff einmal vor und können nicht der Methode zur Last gelegt werden. Dass mit dem Löffel nicht jede Caries zu heilen ist, ist gewiss. Ich kenne aber kein Mittel, welches unter Conservirung aller Theile, die noch irgend zu conserviren sind, annähernd so kräftig wirkte und so gut vertragen würde.

In letzter Zeit sind von Herrn Professor Volkmann einzelne Versuche gemacht worden, auf die gleiche Weise auch die der Therapie sonst so schwer zugängliche und unter gewöhnlichen Verhältnissen so ungemein langsam ausheilende ozaena anzugreifen und zwar sowohl die scrofulöse wie die syphilitische Form derselben.

Das erste Mal war es ein 10jähriges Mädchen, welches seit mehreren Jahren an einer scrofulösen ozaena litt. Der Nasenrücken war verbreitert und namentlich nach der linken Seite stark verdickt. Von Zeit zu Zeit hatten sich kleine sehr übelriechende necrotische Knochenstückchen spontan entleert. Durch grosse Sauberkeit, sehr häufiges Douchen etc. war der Geruch palliativ mit gutem Erfolg bekämpft worden, der Process hatte aber nicht zum Stillstand gebracht werden können. Ein innerhalb 14 Tagen zweimal wiederholtes Evidement von den Nasenlöchern aus, wobei grosse Mengen missfarbenen necrotischen Knochens entfernt wurden, führte in etwa 10 Wochen die völlige Heilung herbei.

Dieser günstige Erfolg wurde die Veranlassung, bei der nächsten sich bietenden syphilitischen ozaena denselben Weg zu betreten.

Der Patient war ein 51jähriger, kräftig gebauter Mann und hatte sich vor 4 Jahren inficirt. Trotz verschiedener Quecksilber-, Jod- und Schwitzcuren bekam er der Reihe nach Roseola und andere syphilitische Exantheme, Gummigeschwülste, eine sehr plötzlich auftretende syphilitische Spinalaffection mit Lähmung beider Beine u. s. w. Vor 10 Monaten hatten sich die ersten Symptome von ozaena gezeigt, und zwar ergriff der ulceröse Process gleichzeitig Knochen und Weichtheile der Nase. Die knorplige Nasenscheidewand und ein Theil des knöchernen Nasengerüstes gingen sehr früh verloren, die Nase fiel in der characteristischen Weise ein. Dann entstand auch eine Ulceration der Haut an der linken Seite, dicht oberhalb des Nasenflügels. Patient kam in diesem Zustande am 30. Januar 1872 in die Klinik.

Der Kranke war sehr heruntergekommen, die Lähmung der Beine eine noch sehr hochgradige, die Ulceration der Nasenhaut offenbar in raschem Fortschreiten begriffen. Auch am linken untern Augenlied war ein syphilitisches Geschwür mit speckigem Grund entstanden. Der Geruch war ein äusserst unangenehmer.

Der Defect an der linken Nasenseite wurde etwas erweitert, um bequemen Zugang zu gewinnen. Mit dem scharfen Löffel wurden dann unter Anwendung ziemlich bedeutender Gewalt und unter sehr starker Blutung massenhaft die angetrockneten Borken, verfaulte Schleimhaut, mit Jauche durchsetzte necrotische und cariöse Knochenparthien entfernt und darauf noch eine sehr energische Höllensteinätzung der grossen Cloake vorgenommen.

Die Wunde ward sehr sorgfältig ausirrigirt, und endlich die ganze weite Höhle mit Wundwatte, die mit Carbolöl (1 : 10) getränkt war, ausgefüllt.

Der Verband wurde täglich 4mal gewechselt und jedesmal dabei die Nase mit einer dünnen wässrigen Carbolsäurelösung ausgespritzt. Der üble Geruch hörte bei dieser Behandlung sehr rasch auf. 12 Tage nachher stiess sich der ganze noch vorhandene Rest der knöchernen Nasenscheidewand ab. Ueberall kamen dann gesunde Granulationen hervor, so dass 3 Wochen nach der Operation die ozaena als solche als beseitigt angesehen werden konnte, und nur noch eine einfache gut granulirende Wunde vorhanden war. Die Benarbung machte dann ungemein schnelle Fortschritte, Mitte März waren die Weichtheile der Nase schon sehr stark nach innen gezogen, und Patient konnte einstweilen nach Hause entlassen werden, um dort die weitere Benarbung abzuwarten, ehe die nöthige Rhinoplastik vorgenommen wird. — In ähnlicher Weise wurden im Verlauf des letzten Sommers noch 5 andere Kranke behandelt, und bei allen eine gleich schnelle und sichere Heilung erzielt.

Es kann wohl keinem Zweifel unterliegen, dass in allen diesen Fällen der so ausserordentlich rasche Erfolg lediglich der sehr energischen localen Behandlung zu danken war. Bedenkt man dagegen, wie äusserst schwierig und langsam die ozaena durch die hergebrachte Therapie mit desinficirenden Nasendouchen neben allgemeinen antidyscrasischen Curen zu beseitigen ist, so wird man sich eventuell auch gar nicht geniren dürfen, wenn einmal der Einfall des Nasenrückens begonnen hat, die ganze knorplige Nase von ihrer Insertion abzulösen und zurückzuklappen, um sich hinreichenden Zugang zu verschaffen, und später die Wunde wieder durch die Naht zu schliessen. Herr Professor Volkmann wurde zu diesem Verfahren bereits früher einmal genöthigt, allerdings nicht zum

Zweck des Evidements, sondern um einen bei ozaena entstandenen colossalen Sequester zu entfernen, der eigentlich gleichzeitig die ganze innere und äussere knöcherne Nase mit beträchtlichen Theilen der Oberkiefer darstellte. Wie wichtig überhaupt in der Therapie aller* möglichen Arten von ulcerirenden Syphiliden eine energische locale Behandlung ist, das tritt ganz besonders klar hervor in den Fällen, wo der ulceröse Zerfall einen rasch progredienten Character hat. In der hallischen chirurgischen Klinik, in welche bei dem Mangel an einer eigenen syphilitischen Abtheilung auch Syphilitische, und zwar mit Auswahl gerade solche mit schwereren syphilitischen Ulcerationen und Defecten, die eine mehr chirurgische Behandlung erfordern, aufgenommen werden, ist das Princip, gegen alle irgendwie noch weiter um sich greifenden zerstörenden Processe zunächst mit einer energischen örtlichen Therapie vorzugehn, von Herrn Prof. Volkmann seit Jahren eingeführt und stets mit grossem Glück befolgt worden, und ich habe bis jetzt auch nicht einen einzigen Fall gesehen, bei welchem diese Methode im Stich gelassen hätte. Selbstverständlich ist die allgemeine Behandlung darüber nie vernachlässigt worden. Sie ist aber nicht nothwendig, um ein einzelnes Geschwür am raschen Weiterfressen zu hindern, auch nicht, um es zur Benarbung zu bringen. Dagegen kommt es oft genug vor, dass die allgemeine constitutionelle Behandlung ohne eine gleichzeitige locale nicht zum Ziel führt oder wenigstens nicht so rasch, dass nicht unterdessen grosse Defecte entstehen. Namentlich an der Nase giebt es ja oft so acut verlaufende ulceröse Processe, dass auch nicht die allergeringste Zeit zu verlieren ist. Eine einzige sehr energische Aetzung pflegt dann dem fortschreitenden Zerfall ein sofortiges Ende zu setzen.

Es ist auffallend, wie wenig diese locale Behandlung der Syphilis noch Gemeingut, wenigstens der practischen Aerzte ist, trotzdem man bei andern Constitutionskrankheiten schon längst gelernt hat, ihre äusserlich hervortretenden Producte chirurgisch anzugreifen und sich nicht lediglich auf die innern Specifica zu verlassen. Niemand ist im Zweifel, dass der tumor albus einen Verband verlangt und dass bei dem scrofulösen Hautgeschwür die unterminirten Ränder abgetragen werden müssen, wenige werden sich beim Leberthran und Eichelkaffee beruhigen, und der innere Arzt giebt sich die grösste Mühe, seine Medicamente direct auf die erkrankte Schleimhaut des Kehlkopfs und selbst der Lunge Tuberculöser zu bringen. Nur bei der Syphilis hält man die örtliche Therapie nur zu häufig für überflüssig. Und doch ist sie unentbehrlich, einfach und in hohem Grade dankbar zu gleicher Zeit. Sie besteht fast in nichts weiter als in starken Aetzungen, je nach der Localität mit dem Höllensteinstift, mit Chlorzink, mit concentrirter Chromsäure etc. Wenn man aber z. B, bei jenen langsam weiter greifenden, mit stinkenden Borken bedeckten Ulcerationen des behaarten Kopfes, wenn man bei syphilitischen Geschwüren im Rachen, an den Weichtheilen der Nase, wenn man selbst bei den Condylomen zwischen den Zehen mit dem Höllenstein nur leicht touchirt und nicht die ganzen zerfallenden Granulationen des Geschwürsbodens oder die Wucherungen des Papillarkörpers mit dem Stift zerbohrt, zerreibt und vernichtet, dann wird man allerdings keine Erfolge zu registriren haben. Wie aber die Condylome oft nach einer einzigen energischen Aetzung vertrocknen und die Benarbung sich unter dem Schorf in wenigen Tagen vollendet, so steht auch die eigentliche zerstörende Ulceration der Haut und Schleimhaut meist augenblicklich still. Von wie grosser Wichtigkeit aber für den Kranken bei solchen rasch weitergreifenden Zerstörungen der Nase, des weichen Gaumens u. s. w. gerade ein rascher Erfolg sein muss, leuchtet von selbst ein. Ich könnte leicht eine ganze Reihe von Belegen für das Gesagte beibringen, doch würde das zu weit führen. Also zurück zu unserm Thema.

Es ist wiederholt der Versuch gemacht worden, auch den Boden syphilitischer Geschwüre, besonders auch, wo es sich um ulcerirende oder verjauchende Gummigeschwülste handelte, mit dem scharfen Löffel auszuschaben. Im Allgemeinen eignen sich aber die letzteren wenig dazu. Das Gewebe der Granulationen erwies sich in solchen Fällen meist als ein sehr festes und zähes, und setzte dem scharfen Löffel einen so bedeutenden Widerstand entgegen, dass man meist gar nichts davon entfernen konnte, und namentlich an ein sauberes und einigermaassen vollständiges Abschaben gar nicht zu denken war. Der Unterschied gegenüber den scrophulösen Ulcerationen war, so weit unsere bisherigen Erfahrungen reichen, so in die Augen springend und so constant, das man fast allein daraus die Diagnose stellen könnte, und jedenfalls in zweifelhaften Fällen in diesem Verhalten einen starken Anhalt für die Beurtheilung gewinnen kann.

Sehr gute Dienste that dagegen der Löffel bei jenen Formen ausgedehnter aber oberflächlicher syphilitischer Ulcerationen der äussern Haut, welche mit starker Granulationswucherung einhergehen, und die im Allgemeinen wohl den schlimmeren Formen der syphilitischen Rhypia zugerechnet werden müssen. So wurde kürzlich ein 50jähriger Mann in die Klinik aufgenommen, der sich vor $^5/_1$ Jahren inficirt hatte und seit einem Jahre an derartigen Geschwüren des Gesichtes und des behaarten Kopfes litt. Dieselben hatten trotz Schmiercur und innerlichem Gebrauch von Quecksilber und Jodkali langsam immer weiter um sich gegriffen, und bei seiner Aufnahme waren reichlich $^3/_4$ der Kopfhaut und der grösste Theil des Gesichts von dicken, stinkenden Borken bedeckt, unter denen die cutis oberflächlich ulcerirt und mit leicht blutenden Granulationen bedeckt war. Durch das blosse Abschaben der Geschwürsflächen mit dem Löffel mit folgendem einfachen Bedecken der wunden Stellen mit Bruns'scher Watte wurde eine vollkommene Heilung ohne alle Narbenbildung innerhalb 6 Tagen erreicht. Einen annähernd eben so schnellen Erfolg hatte ich früher in einem gleichen Falle durch Abschaben mit dem Löffel, und folgender Cauterisation mit Höllenstein, eine Combination, die sich überhaupt wiederholt als eine sehr zweckmässige erwies.

Ausserdem zeigten sich einzelne seltnere Formen syphilitischer Knochenaffectionen dem Löffel weit zugänglicher, als dem Aetzmittel. Einige hierher gehörige Fälle sind schon oben bei der Besprechung des Ausschabens von Gelenkköpfen referirt worden. Eine weitere Beobachtung, die einen Fall von centraler gummöser dactylitis betraf, hat Herr Dr. Riesel unter dem Titel: „Beiträge zur Casuistik der syphilitischen Knochen- und Gelenkaffectionen" in der Berliner klinischen Wochenschrift vom 14. Februar 1870 ausführlicher besprochen. Um den Fall kurz zu recapituliren, so handelte es sich um eine hereditär syphilitische Person von 30 Jahren, bei welcher eine Fingerphalanx nach der andern zuerst in der Mitte anschwoll und die für die spina ventosa characteristische Gestalt annahm, während die Epiphysen und die angrenzenden Gelenke frei blieben. Die Geschwulst verlor sich an einigen Phalangen spurlos; an andern kam es zum Aufbruch, es entleerte sich sehr wenig Eiter, dann heilte die Fistel allmählich aus, die Anschwellung ging zurück, aber es war nun eine Continuitätstrennung vorhanden, ohne dass jemals ein Knochenstückchen ausgestossen worden wäre. An wieder andern Phalangen kam es zu demselben Endresultat ohne jeden Aufbruch und ohne Eiterbildung. Die Fragmente lagen mit konisch zugespitzten Enden etwas übereinander geschoben, es war eine pseudarthrosis vorhanden.

Die Phalangen, an denen der Process noch nicht so weit gediehen war, wurden incidirt, und das den Knochen zerstörende, weiche, aber blutarme und ziemlich trockne, stellenweise gelbliche und käsige Gewebe mit dem Löffel ausgekratzt.

Der Erfolg war auch hier ein rascher und vollkommener, der Process bildete sich in wenig Wochen in erwünschter Weise zurück. Die Person starb indessen an einer anderen Affection. —

Den bisher angeführten grösseren Gruppen von Erkrankungen der Knochen und Weichtheile, in denen sich der Gebrauch des scharfen Löffels besonders vortheilhaft erwies, schliessen sich eine ganze Reihe von selteneren und mehr vereinzelten Krankheitsfällen an, von denen nur einige wenige vielleicht noch einer besondern Besprechung würdig sind; alle einzeln aufzuzählen würde wenig Werth haben und auch kaum in erschöpfender Weise möglich sein; wer sich einmal mit dem Gebrauch des Löffels vertraut gemacht hat, wird leicht selbst im Stande sein zu sehen, wo hin und wieder auch sonst noch seine Anwendung einen guten Erfolg versprechen mag. Ich will hier nur noch kurz darauf hinweisen, dass scharfe Löffel und Rouginen z. B. auch bei der Operation der centralen Myeloidgeschwülste der Kiefer sehr bequem und mit gutem Resultat zum Ausschaben der letzten Reste des Tumors aus seiner Knochenblase gebraucht werden können, welche letztere dann ohne Gefahr zurückgelassen wird. Busch sowohl wie Volkmann haben auf diese Weise mit gutem Erfolg operirt. (S. Volkmann in Virchow-Hirsch's Jahresbericht für 1868, II, 378 und W. Busch, Lehrbuch der Chirurgie, II, 1; pag. 268.) — Ferner wurden in mehreren Fällen von fungöser Sehnenscheidenentzündung in der Gegend des Fussgelenks und am Vorderarm, die zu fistulösen Aufbrüchen geführt und die Gebrauchsfähigkeit des betreffenden Gliedes im hohen Grade beeinträchtigt hatten, die weichen Granulationsmassen herausgelöffelt, worauf eine verhältnissmässig rasche Heilung mit guter Herstellung der Function erfolgte. Besonders interessant war namentlich eine Beobachtung, weil hier die Erkrankung zu partieller Necrose der Sehne geführt hatte und somit die Diagnose ausser allen Zweifel gestellt war. Die Kranke, eine 56jährige Frau, hatte 4 Wochen vor ihrer Aufnahme durch eine Mistgabel, eine Contusion am rechten äussern Knöchel erlitten. Die Gelenkgegend war allmählig angeschwollen, besonders auf der äussern Seite, und ein fistulöser Aufbruch mit sehr geringer Eitersecretion erfolgt. Patientin konnte nur mühsam und unter Schmerzen gehen. Die ganze Gegend war geröthet, es schien deutliche Fluctuation unmittelbar unter der verdünnten Haut vorhanden zu sein. Eine Incision entleerte indessen keinen Eiter, fungöse Massen hatten das Fluctuationsgefühl vorgetäuscht. Erst ein längerer und tieferer Einschnitt führte auf etwas käsigen Eiter, zugleich aber wurden über 1 Zoll lange Partikel necrotischer Peroneussehne entfernt. In grosser Menge wurden fungöse Granulationen abgeschabt, deren microscopische Untersuchung (Dr. Priedländer) nichts Specifisches, namentlich also keine Miliartuberkel erkennen liess.

Die Heilung erfolgte ohne Unterbrechung, wenn auch etwas langsam, innerhalb 6 Wochen. Patientin konnte nach Ablauf dieser Zeit mit vollkommen geschlossener Wunde und guter Gehfähigkeit entlassen werden.

Handelte es sich indessen bisher lediglich um solche Affectionen, deren radicale und definitive Heilung durch das Evidément angebahnt werden sollte und wie wir sahen, so oft erreicht wurde, so giebt es nun noch andere, bei denen es zwar nur palliative Hülfe bringen kann, bei geeigneter Auswahl aber sich doch kaum minder durch bequeme Handhabung und Sicherheit des Erfolges vor andern therapeutischen Massnahmen auszeichnet. Ich habe dabei die Carcinome und Sarcome und zwar wesentlich die der verschiedenen Körperostien im Auge, welche am ersten einmal den Chirurgen zu partiellen Exstirpationen und somit zum Abweichen von einer sonst allgemein gültigen und gewiss sehr berechtigten Vorschrift zwingen.

Simon hat das Verdienst, zuerst darauf aufmerksam gemacht zu haben (S. die Beiträge zur Geburtshülfe und Gynäkologie, herausgegeben von der Gesellschaft für Geburtshülfe in Berlin, I. 1.) dass weiche maligne Tumoren namentlich der zugänglichen Körperhöhlen noch äusserst geeignet sein können für die Behandlung mit dem scharfen Löffel, wenn eine totale Exstirpation mit schneidenden Werkzeugen oder mit dem Glühdraht schon lange nicht mehr möglich ist. Er glaubte früher sogar, mit dem Löffel in solchen Fällen noch sicher alles Kranke entfernen zu können, und hatte auch die Freude, bei einer an Carcinom des hintern Scheidengewölbes leidenden Patientin, die schon zweimal vergebens operirt war, einen so vollständigen Erfolg zu erzielen, dass nach 8 Monaten noch keine Spur eines Recidivs entdeckt werden konnte.

Späteren mündlichen Mittheilungen zufolge ist ein solches denn aber doch noch eingetreten. Ueberhaupt konnte man wohl a priori Radicalheilungen auf diesem Wege zu erzielen kaum erwarten, und sicherlich gehört selbst ein so langes Ausbleiben des localen Recidives, wie in dem oben erwähnten Simon'schen Falle, zu den grössten Seltenheiten. Denn es ist zwar möglich, bei weichen Sarcomen und bei Krebsen die kein besonders ausgebildetes Bindegewebsgerüst haben, also namentlich bei Cancroiden, (Krebse von der Consistenz des scirrhus mammae eignen sich natürlich gar nicht dazu) den eigentlichen Tumor sehr vollständig wegzukratzen. Aber natürlich bleiben alle die isolirten kleinen Heerde stehen, die häufig ziemlich entfernt von der Hauptmasse der Geschwulst als einzelne Vorposten in die Gewebe vorgeschoben sind. Damit ist das Recidiv ja unausbleiblich. Indessen giebt es ohne allen Zweifel Fälle, und darin sind die Angaben Simon's durchaus zu bestätigen, bei denen die partielle Entfernung durch das Auslöffeln eine sehr bedeutende palliative Hülfe bringt. Unter den Carcinomen der Scheide und des Uterus würden wesentlich wohl diejenigen in Betracht kommen, bei denen die profusen Blutungen und die oft so ungemein reichliche jauchige oder blutigseröse Absonderung die unglücklichen Kranken in kurzer Zeit sehr herunterbringen und ihnen das Leben zur Qual machen. Entfernt man in solchen Fällen das, was leicht mit dem Löffel abgeschabt werden kann, fügt man eventuell noch eine energische Höllensteinätzung oder die Application des ferrum candens hinzu, so wird man recht häufig die Freude haben, zu sehen, wie die Blutungen, der jauchige Ausfluss, die Schmerzen von dem Moment an aufhören, wie die Frauen anfangen, sich wieder zu erholen, ein blühenderes Aussehen gewinnen und an Körpergewicht wieder zunehmen. Sie schöpfen neuen Lebensmuth, sie glauben an die Heilbarkeit ihres Uebels, und durch Wiederholungen des Verfahrens, sobald sie sich als nothwendig herausstellen, wird man den unheilbaren Kranken wenigstens ihre letzten Tage unendlich viel erträglicher und weniger qualvoll zu machen im Stande sein. Wenn Hildebrandt („Ueber den Katarrh der weiblichen Geschlechtsorgane", in Volkmanns „klinischen Vorträgen" No. 32, pag. 296) behauptet, es könne vorkommen, dass mit diesen scharfrandigen Werkzeugen arge Defecte in den gesunden Parthien des Uterus hervorgerufen werden, während die kranken Parthien stehen bleiben, dass sie mithin bei aller Rohheit ihrer Wirksamkeit nicht einmal sicher ihren eigentlichen Zweck erfüllen, so muss ich ihm auf das enschiedenste widersprechen. Hundertfache Erfahrung hat uns immer wieder die Unmöglichkeit bewiesen, normale Gewebe absichtslos mit dem Löffel in irgend nennenswerther Weise zu verletzen. Bei den Cancroiden, und vorzugsweise häufig bei dem Mastdarmkrebs kommt noch hinzu, dass die nächste Umgebung in Folge reactiver Entzündung oft sehr stark indurirt und schwielig verdickt ist, so dass dann ähnliche Verhältnisse vorliegen, wie bei den scrophulösen Geschwüren, und nicht beabsichtigte Nebenverletzungen noch leichter vermieden werden.

Herr Professor Simon benutzt zwar den Löffel auch um

einzelne Krebsknoten auszuschaben, die noch von annähernd normaler Schleimhaut überzogen sind. Er bedarf aber dazu ganz besonders sorgfältig geschärfter Instrumente und kräftiger, mehr reissender Bewegungen, um auch nur diese zu durchtrennen, so weit es nothwendig ist. Endlich würde man sich ja überall wo ein Bedürfniss dazu vorliegen sollte, dadurch, dass man nur unter steter Controle des Fingers operirt oder mit Speculis das Operationsfeld dem Auge zugängig macht, zum Ueberfluss davor sichern können, andere Theile mit dem Löffel zu verwunden, als man beabsichtigte.

In der hallischen Klinik wurde das Auskratzen von Uteruscarcinomen im vergangenen Winter bei zwei Frauen in Anwendung gebracht, beide Male mit ausserordentlich in die Augen springendem Erfolg.

Im ersten Falle handelt es sich um eine 61jährige, früher stets gesunde Frau, die erst vor 8 Wochen das erste Symptom ihrer Krankheit, eine während der Nacht auftretende Blutung bemerkt haben wollte. Die Blutverluste hatten sich dann noch mehrmals wiederholt und waren gerade jetzt so stark geworden, dass Patientin sich veranlasst fühlte, in Halle Hülfe zu suchen.

Sie war eine magere blasse, aber nicht gerade kachektisch aussehende Person. Die Blutung war momentan so stark, dass den Fleck, wo sie wenige Minuten gestanden, eine grosse Blutlache bezeichnete. Die Untersuchung ergab einen papillären zerklüfteten Tumor, der das vordere Scheidengewölbe mit der vordern Muttermundslippe verband und tief in den Cervicalcanal hineingewuchert war. Das Blut entleerte sich in schnell auf einander folgenden Tropfen aus der vagina.

Die Neubildung, ein nicht ganz weiches, papilläres Cancroid wurde mit dem scharfen Löffel abgekratzt, bis man auf festeres Gewebe stiess. Ganz erstaunlich war die Wirkung auf die Blutung, die fast momentan stand. Die Wundhöhle wurde mit kaltem Wasser irrigirt, und ein mit stark verdünntem liqu. ferri getränkter Schwamm hineingelegt. Auch die Operation selbst hatte der Kranken einen verhältnissmässig nur geringen Blutverlust gebracht.

Erst zwei Monate später, während deren Patientin sich unter Eisengebrauch rasch erholt hatte, trat eine neue kleine Blutung ein. Es fand sich ein unbedeutendes Recidiv, das von neuem abgeschabt wurde, abermals mit demselben günstigen Erfolg.

So zog sich der Process noch $\frac{1}{2}$ Jahr hin, unter stets leidlichem Wohlbefinden der Kranken. Die carcinomatöse Wucherung griff aber schliesslich auf das Peritonäum über, ein weiteres Ausschaben war nicht mehr möglich und Patientin ging dann rasch zu Grunde.

Die zweite Kranke war erst 34 Jahre alt und litt seit $1\frac{1}{2}$ Jahren an zunehmenden Blutungen, zwischen denen sich starker Fluor albus einstellte. Das Uriniren war häufig schmerzhaft.

Patientin ist von kachektischem Aussehn, gelblicher Gesichtsfarbe, welker Haut und schlaffer Muskulatur. Die Untersuchung ergiebt ein männerfaustgrosses Cancroid der portio vaginalis und des Scheidengewölbes von zerklüfteter Oberfläche. Auch der Cervicalcanal ist, soweit man mit dem Finger eindringen kann, mit schwammigen Krebswucherungen ausgefüllt. Die Blutung bei der sofort vorgenommenen gründlichen Auslöffelung, bei welcher mindestens ein Tassenkopf weicher bröcklicher Carcinommasse entfernt wurde, war sehr unbedeutend, Schmerzempfindung dabei kaum vorhanden. Es zeigte sich, dass über dem orificium internum des Cervicalcanals die Uteruswand bereits vollständig durchbrochen war. Die reactive Verdichtung des umgebenden Bindegewebes machte aber auch hier eine ganz reine Ausschabung möglich. Die Vagina wurde mit einem Schwamm tamponirt, bei dessen Entfernung 6 Stunden später sich zeigte, dass sich nachträglich kaum ein Tropfen Blut entleert hatte.

Nachdem wenige Tage darauf eine verdächtige Stelle noch einmal abgeschabt, wurde die Kranke einstweilen entlassen. Nach 14 Tagen stellte sie sich wieder vor, mit erheblich gebessertem Aussehn; kleines Recidiv, abermaliges Auslöffeln, am folgenden Tage Abreise der Kranken in ihre Heimath.

Vier Wochen später sah Patientin so wohl aus, dass sie kaum wieder zu erkennen war. Neue Spuren eines beginnenden Recidivs, abermalige Entfernung mit dem Löffel.

Ein nochmaliges Auskratzen wurde nach abermals einem Monat unternommen. Das Allgemeinbefinden war während der ganzen Zeit ein ausgezeichnetes gewesen, sie konnte ihrer Wirthschaft vorstehen, wie früher, und hatte kaum irgend welche Beschwerden.

Eine dritte Kranke, 48 Jahre alt, mit seit 8 Monaten bestehendem, wohl noch ausgedehnterem Carcinom des Uterus und der vordern Scheidenwand, als im vorhergehenden Falle, wurde erst ganz vor Kurzem in Behandlung genommen. Die Frau war durch Blutungen und ganz besonders auch durch unerträgliche, nach dem Kreuz ausstrahlende Schmerzen auf's Aeusserste heruntergekommen. In diesem Falle war auch das einfache Touchiren schon ausserordentlich empfindlich, und es musste das Ausschaben in der Chloroformnarcose vorgenommen werden. Die Blutung war sehr unbedeutend, bis ganz zuletzt eine etwas stärkere Arterie spritzte. Tamponade mit Charpiewatte, die mit verdünntem liquor ferri getränkt war, stillte die Blutung sofort. Der momentane Erfolg ist auch hier ausgezeichnet, Blutung, Jauchesecretion und namentlich auch die Schmerzen haben von dem Moment an völlig aufgehört.

Es scheint demnach sicher, dass in einer Reihe von auf andere Weise nicht mehr operirbaren Fällen durch wiederholtes Auskratzen Blutung und Jauchung unterdrückt und den Kranken eine sehr erträgliche Existenz noch eine Zeitlang erhalten werden kann. Mehr lässt sich wohl nach den vorliegenden Beobachtungen noch kaum behaupten. Ob im Allgemeinen der Verlauf der Krankheit zum letalen Ausgang dadurch aufgehalten oder beschleunigt wird, muss weiteren Erfahrungen vorbehalten bleiben zu entscheiden. Von vorn herein sollte man annehmen, dass durch den Reiz des Trauma's wohl eine raschere Wucherung der Krebszellen angeregt werden möchte, während auf der anderen Seite das Aufhören der Blut- und Jaucheverluste und die Schmerzlosigkeit die Frauen sich erholen und widerstandsfähiger werden lässt. Die Recidive erfolgten in den beschriebenen beiden Fällen ja ziemlich rasch. Immerhin sind das Fragen von sehr secundärer Bedeutung. Es handelt sich eben um hoffnungslos verlorene Fälle, bei denen die Therapie nur noch die Aufgabe hat, den Zustand möglichst erträglich zu machen, und so wird wohl kaum Jemand in solchen Bedenken eine Veranlassung finden, auf ein Verfahren zu verzichten, welches das subjective Befinden der armen Kranken in so eminenter Weise zu bessern vermag.

Dass der Gebrauch des Löffels gegen Carcinome des Uterus und der Scheide mit einer gewissen Vorsicht geübt werden muss, ist selbstverständlich. Je mehr man ausschabt, um so mehr nähert man sich natürlich dem Peritonäum und der Bauchhöhle. Simon (l. c.) sah in einem Falle eine 14tägige partielle Peritonitis dem Eingriff folgen, Herr Professor Olshausen hatte die Güte, mir über eine gleiche Beobachtung aus seiner Klinik Mittheilung zu machen. Unter Umständen scheint auch einmal die Blutung während der Operation eine so bedeutende werden zu können, dass dieselbe deswegen aufgegeben werden muss, wie gleichfalls Herr Prof. Olshausen es einmal erlebte. Es eignet sich also nicht jeder Fall in gleicher Weise für die in Rede stehende Behandlungsmethode. Bei der grossen Häufigkeit der Uteruskrebse, die ja verhältnissmässig sehr selten so früh zur ärztlichen Beobachtung kommen, dass noch eine totale Exstirpation möglich wäre, bei der Schwere der dadurch hervorgebrachten Leiden und dem grossen Bedürfniss einer wenn auch palliativen Hülfe für die unglücklichen Frauen werden sich aber gewiss bald die Erfahrungen über die Wirkungsweise des Löffels mehren und eine begründetere Beurtheilung der Methode möglich sein, als jetzt. Sicherlich kann man aber ihre Einführung in die Therapie auch dieses Leidens schon jetzt als eine wesentliche Bereicherung unserer Hülfsmittel aussprechen.

Was die carcinomatöse und sarcomatöse Erkrankung anderer Organe betrifft, so möchte sich namentlich am Mastdarm, sowie an der hintern Rachenwand besonders häufig die Nothwendigkeit einer wenn auch nicht ganz reinen Exstirpation ergeben, und dazu der Löffel das brauchbarste Instrument sein. Hier wie dort wird die Beseitigung der durch die Neubildung bedingten Stenose oft genug zu einem unabweisbaren Postulat, und bringt, wenn sie gelingt, dem Kranken nicht nur unendliche Erleichterung, sondern fristet ihm auch noch eine Weile das Leben. So führte Herr Prof. V o l k m a n n schon vor Jahren einmal das Evidement an einem Mastdarmkrebs aus, freilich ohne Löffel. Er hatte die Absicht, um die Passage wieder herzustellen, einzelne Parthien der Neubildung mit der C o o p e r'schen Scheere wegzunehmen, fand es aber dann bequemer, die sehr bröcklichen Massen mit der geschlossenen Scheere abzuschaben. — Herr Professor S i m o n hatte die Freundlichkeit, mir vor Kurzem in Heidelberg eine ältere Frau zu zeigen, bei der nicht lange vorher die Ausschabung eines weichen Sarcoms der Tonsillengegend und der hintern Rachenwand vorgenommen worden war. Man konnte zu der Zeit keine Geschwulstreste mehr entdecken. Patientin, die dem Hunger- und Erstickungstode nahe gewesen war, fühlte sich wie neugeboren und hatte über nichts zu klagen.

Uebrigens eignen sich die Sarcome nicht immer in gleicher Weise für das Ausschaben wie die Carcinome, selbst wenn sie sich schon recht weich anfühlen. Die epithelialen Zellenmassen mit einem nicht allzuentwickelten Bindegewebsstroma sind durchschnittlich offenbar viel bröcklicher und weniger zähe, als die aus bindegewebigen Elementen zusammengesetzten Sarcome. So versuchte Herr Prof. Volkmann neulich die partielle Exstirpation mit dem Löffel bei einem am Kieferwinkel entstandenen fast kopfgrossen Tumor, welcher sich später bei der microscopischen Untersuchung als ein Myxosarcom erwies. Dasselbe war in den Mund hineingewuchert, nahm die ganze Tonsillengegend ein und reichte bis an die hintere Rachenwand. Schlingen und Athmen wurden dem Kranken dadurch auf das Aeusserste erschwert. Der Löffel war aber nicht im Stande, auch nur die dünnste Gewebslage wegzunehmen, so dass einzelne Stücke mit Messer und Scheere abgetrennt werden mussten, um nur den Eingang zum Pharynx und Kehlkopf wenigstens einigermassen wieder frei zu machen. Und trotzdem hatte sich der Tumor fluctuirend weich angefühlt. Sollten sich solche Unterschiede in irgendwelcher Weise als constante herausstellen, so würden sie möglicher Weise auch als diagnostische Hülfsmittel Verwerthung finden können.

Halle, Druck von E. Karras.